心路風景

——王克勇诗词选编

王克勇 著

陕西新华出版传媒集团
太白文艺出版社

图书在版编目（CIP）数据

心路风景：王克勇诗词选编 / 王克勇著. -- 西安：太白文艺出版社，2018.3(2023.2重印)
ISBN 978-7-5513-1440-4

Ⅰ. ①心… Ⅱ. ①王… Ⅲ. ①诗词－作品集－中国－当代 Ⅳ. ①I227

中国版本图书馆CIP数据核字(2018)第006475号

心路风景——王克勇诗词选编
XINLU FENGJING——WANG KEYONG SHICI XUANBIAN

作　　者　王克勇
责任编辑　刘　涛　汤　阳
封面设计　闫国柱
版式设计　陕西狮风文化传播有限公司
出版发行　陕西新华出版传媒集团
　　　　　太白文艺出版社
经　　销　新华书店
印　　刷　三河市嵩川印刷有限公司
开　　本　787mm×1092mm　1/16
字　　数　170千字
印　　张　17.5
版　　次　2018年3月第1版
印　　次　2023年2月第2次印刷
书　　号　ISBN 978-7-5513-1440-4
定　　价　53.00元

联系电话：029-81206800
出版社地址：西安市曲江新区登高路1388号（邮编：710061）
营销中心电话：029-87277748　029-87217872

诗写人生见精神

袁富民

和王克勇先生的交往可以追溯到20世纪70年代。那时我们都在县文化馆参加业余创作培训班，也算是一见如故，就成了朋友。一晃四十多年过去了，友情一如既往地真挚而亲密，总有一种心有灵犀的感觉！他在乾县的时候，我们隔三岔五在一起谈文学，谈人生，也叙家常，说生活和工作中的成败得失、喜怒哀乐。有烦恼，有挫折，互相倾诉，互相安慰，烦恼常常消散一半；有高兴的事相互告知，一份喜悦就成了两份。

我们因文字而结缘。他调咸阳后，见面少了，却常有诗酬歌和，文字交流。一样其乐融融，心领神会。

克勇是个不甘平庸的人。做民办教师的时候，他的教学能力在全公社就颇有影响。有一年暑假教师业务培训，他做临平片（当时乾县西部四个公社）的辅导教师，广受好评。县教育局择才使用，调他到关头学校教高中语文。后来关头高中班并入县二中，他也调进二中。下县城次年，他以全县考试第一名的成绩顺利转正。

克勇对自己从事的每一份工作都投入了极大的热情和努力，并得到广泛认可，但世俗却往往以各种偏见给佼佼者以微词，以欺侮，以打击。一段时间，他工资微薄，三个孩子求学长身体，物质生活困窘；工作中又遇到一些莫须有的是是非非，让他有口莫辩。进入烟草系统，“柳暗花明又一村”，才步入一展身手的新起点。

不要说“是金子放到哪里都会发光”！放到泥淖里呢？埋到煤堆里呢？还能发光吗？古往今来的无数事实证明，人才也会被埋没。而只有被发现，被放到一定的位置，他才会发光。克勇是一匹良骥，有幸遇到了伯乐，被发现，被任用，才能如鱼得水，蒸蒸日上。

克勇是分得清利弊得失的人，他全力以赴，干好本职工作。文学只是业余爱好，但他一直没有放弃这个爱好，没有放弃读书学习。他能写出优美的散文和诗词，更长于领导讲话等公文和通讯报道的写作。他起草的文稿，观点正确，立论鲜明，逻辑严谨，文辞优美。为工作，他把文学梦搁置起来，只是在有感而发的时候写一写诗词文章，作为和亲朋好友交流的乐趣。

自古文不养人。历史上许多的文学大家，终其一生都穷困潦倒，比如诗圣杜甫、《红楼梦》的作者曹雪芹，再比如我们熟知的当代作家邹志安、路遥，生前的生活也很是拮据。但文学是养心的！文学让杜甫在颠沛流离中写出了三千多首不朽的诗篇，让他在自己的茅屋为秋风所破时仰天浩叹“安得广厦千万间，大庇天下寒士俱欢颜……吾庐独破受冻死亦足”的千古绝唱；文学让曹雪芹在举家食粥的困厄中写出了千古不朽的《红楼梦》；文学让文天祥在穷途末路、颠沛流离中吟出“人生自古谁无死，留取丹心照汗青”的铿锵誓言；也正是文学让一个文弱女子秋瑾有了“不惜千金买宝刀，貂裘换酒也堪豪。一腔热血勤珍重，洒去犹能化碧涛”的豪情壮志。

克勇用文学养心，养公平正义之心，养克己奉公之心，养博爱善良之心，养达观善辨之心，养知恩感恩之心，所以他在物欲横流中不迷失自我，在有一定权力时能自警自律。文学于他，是一种陶冶、一种浸润、一种灵魂的救赎，更多的是一种人格和品格的升华。而他对文学，则是一种爱好，毫无功利。不靠它赚钱养家，更不会用它来沽名钓誉。

克勇刚退居二线，就受邀到两家规模不算小的民营企业供职。他是把事当事干的人，尽心为企业操劳，出谋划策。有了闲心和较为宽裕的时间，也有了更多出游的机会。他不是那种上车睡觉，下车尿尿，一问什么都不知道的“旅游家”。大自然千姿百态的无私馈赠，触发了他作诗的灵感，几乎每到一地，辄有吟咏，信手拈来，妙趣成章。几年中，他走遍长城内外，大江南北，白山黑水，戈壁大漠，香港澳门，宝岛台湾……因为其小女在美国读书工作，后定居法国，使他能多次涉足域外，领略异国风情，山水文物，从而引发了诗兴，即景抒情，发思古之幽情，感世事之沧桑。读来清顺晓畅，朗朗上口，得意得趣，兴味盎然。

深秋时节到崂山，气爽云舒得悠闲。
松石参差千峰染，海天映衬万顷蓝。
曲径通幽风动竹，茶花点翠香醉仙。
太清宫里无愧怍，趋真向善自坦然。

游崂山太清宫，气定神闲，心无愧怍，吟成七律，抒发趋真向善之感慨。

无边碧草接云天，浓叶覆盖水潺潺。
人工栈道通深处，天成洼地嵌湖湾。
悲乎红军历千险，壮哉英雄破万难。
若非前辈勇献身，岂有今人共欢颜？

游若尔盖大草原，追忆红军二万五千里长征历千险、破万难的英雄事迹，缅怀革命先烈的献身精神，抚今追昔，感慨良深。

深冬夜长多迷梦，结伴西行见周公。
古庙深隐环山抱，石像肃立听凤鸣。
汉槐同植色迥异，古桑横卧枝又生。
仰视八卦神悠远，心有灵犀自清明。

《周公庙寻梦》则抒发了访古探幽，面对神灵时心自清明、坦荡无畏的情怀。像这样记游的诗篇在他的诗选中俯拾皆是！

“远山蒙蒙云散淡，丛林青青叶染曦”“波涛渐远白云近，飘然欲仙不虚行”“身后椰树间绿草，画卷天成在自然”“捧嚼芒果坐沙滩，心似大海纳百川”“观日听涛享悠闲，荣辱贫富一笑间”“翠峰有意留倒影，游鱼无心自在行”“霞光淡染天涯绿，山色醉人一身轻”等，都是写景抒情的佳句。

王克勇的诗选中还有不少酬赠诗，无论是和文朋诗友的诗酬歌和，还是对亲人学生好友同僚的馈赠篇章，都洋溢着浓浓的真情，抒发着殷殷的感恩和切切的祝愿，让对方感受到他的真挚和热诚。这里可以列出一长串名字：领导李嵩震、马长德、龚朝凯、党英杰，老师赵春，朋友李振海、倪凤春、曹兴浪、周武庆、丁力、李小平、高华、刘作英、邓博、刘振西、白晔等，学生窦富国、刘芳侠、张建平、巨昆仑、王宗祥尹小平夫妇以及外甥李俊鹏等。我自然是忝列其中的。对每一个人，他都倾注真诚和关爱。

知心知己在坦诚，点滴知著见心胸。
念君厚义薄云天，有朋如此慰平生。

浅酌微醺念乾州，并肩泥泞又深秋。
龙柏绕冢敬抚叶，墓前叩首泪双流。
同甘共苦无遗憾，情深意厚志趣投。
引颈空望君何在，思弟心切怨梦愁。

秋风透寒意，
夜雨叹伤悲。

静卧郴州对愁云，

遥寄窗前泪。

挥泪不得时，

空有今朝醉。

樽前促膝共回首，

再叙肝肠碎。

如此诗句，其情之深，其意之笃，足以感人涕下！读罢，久久不能释怀！

铁窗暗室泪纷纷，法网不漏贪心人。

常思缧绁牢狱苦，终老慎独手莫伸。

这是抒发对羁押同事的感慨，也是对自己的警示！

虽不同根生，情深意厚重。

权高无须道，寝食念苍生。

这是以义相交、肝胆相照的铮铮誓言！

这些诗，有对远方朋友的牵挂，有对已故朋友的追怀，有对年长朋友的敬仰，也有对晚辈学生的关爱。其共同的特点是辞旨恳切，意远情真，坦诚相见，推心置腹。

克勇是个重亲情的人。他不忘根本，缅怀父母的恩德，写了许多纪念父母的诗篇。每到农历十月初一或冬至，他都要去父母的坟地祭奠，为亡故的父母送寒衣，在父母的墓地植柏。这不是迷信，而是笃深的赤子情怀。

冬至西风枯叶散，碑前丝丝缕缕烟。

怀远空有双膝跪，不闻呼名自九泉。

对妻子儿女和孙子孙女，他都疼爱有加，都表现出极大的关爱和呵护。

患难与共四十载，病榻无计独徘徊。

秉烛笑贴土墙画，屈身锄落黍种埋。

夜以继日庄西地，人不下机缝衣台。

而今君体难得健，愁愧交加望云开。

这首诗把对妻子的关爱之情写得深切动人。

《寄语小龙》是写给儿子的，语重心长，寄予了无限的希望，把他看作是自己生命的延续，是良好家风的传承人。

《诫女》则不同，这是写给长女会妮的，因为小时患过小儿麻痹，唯恐她因工作而有损健康，故谆谆告诫“知足常乐应自省，莫信拼争宁信神”，将慈父呵护关爱弱女之情浸透于诗笺毫端。

对在异国他乡的小女小妮则别有一番爱怜、希冀与厚望。小妮在美国通过了博士考试，作为父亲，他深感欣慰和自豪，写下了十余首诗，抒发了对女儿的关爱。2006 年 6 月，小妮在美国举行婚礼，他因故不能到场，于是拍摄“青春无悔”小片，并写下深情款款的落幕词。其中：

寄语电波胜飞鸿，光载家书亦从容。

但憾中美非比邻，引颈空望万里程。

愿借长天七彩虹，疾风送我上苍穹。

倾情婿女再祝福，白头偕老座右铭。

表达了未能参加婚礼的遗憾和对女儿女婿眷眷的祝福之情。

孙女茜茜生日，孙男的满月，他都有诗相赠。那一份关切和喜悦，洋溢于字里行间。

克勇是重情重义的人。他的情义不仅仅表现在对领导、对老师、对同学、对朋友、对亲人的深情厚谊上，也表现在对百姓众生、对贫弱灾区群众的同情和体恤上。汶川大地震、去武功县扶贫、参加捐赠仪式、回乡下探亲，他都感触颇多，写了许多悲天悯人的诗篇。他的《久旱喜雨》抒发了关切民生的情怀：

日暮透凉却忘返，吾辈原本种田人。

参加捐赠仪式后他感慨良多：

风雪恣肆又冷冬，寒窑破屋挨天明。
食肉牵心乡亲苦，衣裘挂怀父老情。
解囊少许心有愧，抱棉一床愿未清。
抚今长叹我侥幸，但求人间少不平。

在《讨债者言》里，他这样写道：

艰窘半生较锱铢，缩食节衣小积蓄。
寄望存放增薄利，孰料逾期计却无。
追索三载辄敷衍，登门百遭尽诳语。
朗朗乾坤怒问天，公义昭昭理何处？

对那些所谓的“集资者”欺诈哄骗的丑恶行径给予无情的揭露，表示了强烈的愤慨，对受骗者表示深切的同情。

克勇严守做人底线。退居二线前，上级领导找他谈话后，他如释重负："感君适时脱羁绊，心驰神往到远山。"《自嘲》中"名缰利锁今朝解，青山碧水任我游"表现出发自内心的洒脱和解除名缰利锁后的轻松与自由！使人油然想起晋陶渊明《归园田居》中"羁鸟恋旧林，池鱼思故渊"的诗句。这种情怀才是文化人的追求和理想。

最后我要说说王克勇诗词的艺术特色。

王克勇先生半生从教，自己仅在高中就读一年，却由教小学到教高中，而且是知名的高中教师，凭的是什么？凭的是聪颖的天资和孜孜不倦的学习。兼收并蓄的精神伴他一生。陆游在《示子遹》一诗中说："汝果欲学诗，功夫在诗外。"他认为：一个作家，其作品的好坏高下，由其经历、阅历、见解和识悟所决定。当然他所说的诗外功夫也不仅指这些，才智、学养、操守、精神等形而上的东西，同样是诗人写出好诗的功夫。但陆游强调作家对客观世界的认知能力，主张从作家身体力行的实践，从格物致知的探索，从血肉交融的感应，从砥砺磨淬的历练，获得诗外的真功夫，而不是咬文嚼字，刻意地套平仄、抠字眼，牵强附会，削足适履。

在长期的语文教学中，克勇练就了很强的文字功力，也积累了古诗词的音韵、对仗等基本知识。更重要的是，他具备了陆游所说的诗外功夫。他的诗往往是随情顺意，自然天成，无刀削斧凿的痕迹。也许有些诗句不合平仄，有些词牌不遵成规，但我以为只要能充分表情达意，读起来音韵和谐，朗朗上口，就无可厚非了！

任义长先生在为刘希哲的诗集《夕阳抒怀》写的跋中这么说：“老同志他们历经苦难，于是苦难成诗；他们思国忧民，于是忧思成诗；他们愤疾呐喊，于是呐喊成诗；他们也有人伦亲情，于是亲情成诗……他们的诗绝对比眼下那些自封作家，其作品思想浅薄，言之无物，识见鄙陋，无病呻吟，甚至只能称得上酒足饭饱之后的‘打嗝’文学强多了。”这样的评论用于对王克勇诗词的评价也是非常恰当的。

再就是他的几首自由诗，《感恩心曲》《一个大写的人，一段难忘的情》《无上的殊荣》《朋友知己》都是发自肺腑，一气呵成，所以读来如黄河奔涌，一泻千里；如登高长啸，荡气回肠。

王克勇是幸运的，这幸运得益于这个改革开放的伟大时代，得益于遇到了知人善任的伯乐，也得益于文学的滋养，更得益于他严于律己、不断进取、积极向上、永不言弃的精神。他的晚年是幸福的，但并不是安逸的。他一直在工作，在学习，也在写作。他用心血写下了这些诗篇，用诗篇记录了生活的历程。

生命写就诗三百，诗写人生见精神！

2017 年 8 月 25 日于乾县

情真义薄云　品高诗味长

闫国栋

不认识先生时，敬佩他的才华；认识先生后，敬重他的人品。先生道德文章，清正品质，雪操精神，在当今"趋炎附势渐成风，肝胆相照仁者少"的社会风气里，如一股暖流，给人温暖与力量，令人肃然而生敬意。

最早闻知先生大名，是在20世纪90年代初。那时我刚大学毕业，分配到乾县县志办工作，承担修志之大业。我自知才疏学浅，诚惶诚恐。在向张汉、黄诚哉、袁富民、王荣君等前辈虚心学习的同时，潜心研读旧志书和已修成的各专业志初稿。在卷帙浩繁的志稿中，署有"王克勇编撰"的《教育志》《文化志》《体育志》《林业志》，语言凝练、文风简洁、文采粲然，给我留下了深刻印象。遂置之案头，奉为圭臬。仰其才，慕其名。才知先生之事略，乃乾县大才子、县委笔杆子，因仕途受挫，弃政从商，进入县烟草公司，又因才华出众，步步高升，荣调市烟草公司。文章铺锦绣，仗

笔行天下，系文化人中的佼佼者。

后经朋友介绍，与先生有了较多接触。也许是同为文字工作者的缘故，先生对我关爱有加。作为入行不久的年轻人，心浮气躁，不甘县志办的清贫与寂寞，有段时间心猿意马，托人引荐为咸阳市烟草公司下属某批发部写年终总结，以期留用。第一次写公文材料，不得要领，搜肠刮肚十余天，字斟句酌，精心打磨。送与先生阅，满以为会得到首肯与赞许。不料先生双眉紧蹙，一言不发，捉笔代刀，大删大砍。俄顷，整篇文章面目全非，原来的文字所剩无几，自以为中文系高才生的我，屏声静息，如坐针毡，不禁汗涔涔。记得先生写道："ＸＸ批发部是行业改革开放的产物……提纲挈领，紧贴时代，立意高远，抓住人心。下面总结成绩，分析不足，提出打算，言简意赅，有理有据，有血有肉，摇曳生姿。"原来公文材料还能这样写，看来枯燥无味的东西竟如此有趣有味！与先生的修改稿（几乎是重写）相比，我的原稿空泛无物，苍白无力，高下立判。在自愧弗如的同时，我对先生的敬佩之情油然而生，将他的修改稿小心翼翼地收起来，当作范本，珍藏多年，并以先生为榜样，潜心修为，锤炼本领，砥砺前行。

机缘巧合，1997 年年初，我离开政府机关，调县烟草公司工作，与先生走了同样的道路。弃政从商，十字路口，难以抉择。关键时刻，是先生的经历感召、影响了我。进入烟草系统后，得到先生的厚爱与栽培。那时，先生早已升任咸阳烟草公司办公室主任，是我的上司与领导。每有大型会议，就借调我参与材料起草工作，给我锻炼、提升的机会。古人云，文章是经国之大业，不朽之盛事。公文材料承担着指导工作、推进事业、文以载道的功能。先生对待每一次讲话、每一份文件，都竭尽全力，毫不马虎。尤其是一年一度的工作会议，他都成立写作班子，将擅长写作的几个年轻人召集在一起。先生亲自拟提纲，定调子，交由我们分头撰写，先生再逐句审改统稿。言之无物、内容潦草，实在无法修改的，先生亦不责备，将厚厚的眼镜向上一扶，说声："来，写！"耳提面命，口述成文，立马可待。真乃"驾轻就熟一支笔，练达自如口成章"啊！

先生曾为师从教数十载，桃李芬芳满天下。他诲人不倦，在对年轻人的关爱、培养、提携上不遗余力。在《无上的殊荣》一诗中写道："我从来把你们的成长当作自己的成功。"时光流逝，当年的学生也都步入知天命之年，他们依旧常来常往，诗酒相和，抚今追昔，解疑释难，相携相扶，情真意切，师生情历久弥深。

"岁移师成友，忆昔格外亲！"离开教育行业多年，无论身份地位怎样变化，先生不改初心，不移心志，以他的大爱无私、古道热肠体恤贫弱，关爱下属，赤诚待人。在先生的帮助教导下，一批有德有能的年轻人脱颖而出，工作进步，事业有成。他们中有扎根一线的普通员工，有独当一面的中层骨干，有主持一方的领导干部。小到科员，大到厅局级，在先生的周围，麇集了一批有品行、有志向、有追求、充满正能量的年轻朋友。大家视先生为导师，为挚友。有什么事，第一时间告诉先生。喜事，先生携酒祝贺，兴之所至，举觞赋诗，歌之咏之；悲事，先生躬身慰问，悉心关切，解囊相助，安之抚之；心有疑惑，先生拨云去雾，几经点拨，便茅塞顿开；遇到困难，先生不辞劳苦，鼎力相助，使人如沐春风。2000年，在我工作调动几经波折，走投无路的情况下，先生闻知西安烟草需要文秘，便竭力举荐，并带我拜见时任局长的高玉杰先生。高局长在尚德大厦开会，会结束时已夜幕降临，华灯初上，我们仨就站在街边，第一次面见比县长还大的高官，我紧张得语无伦次。高局长出于对先生的信任且多方考察，对我有所了解，便慨然应诺，并力排众议，以引进人才的途径，给我分了房子。从小县城一跃到省会城市，我的人生从此改变。我视先生和高局长为生命中的贵人，其知遇之恩，没齿难忘！调入西安后，我发奋努力，恪尽职守，夙夜在公，不敢懈怠，勿使失望，以实际行动和业绩报答两位领导的厚爱。

先生以天下之乐为乐，以天下之忧而忧，勇于担当，甘为人梯，无欲无求，受其恩惠者众。“无关孔方唯友情，谁言世态皆炎凉？”有人戏赞先生为白求恩，把别人的事业当成自己的事业。每逢节日，我们几个旧属请先生餐叙，先生总笑吟吟地携陈年好酒而来，往往饭贱酒贵，令我们心生愧疚的同时倍感温暖——他是怕我们多花钱呀。席间，先生或纵横捭阖，议论时事，指点迷津；或追忆往昔，钩沉旧事，畅叙情谊；或嘘长问短，直言批评，殷切鼓励……有理有节，有情有义，幽默风趣，字字珠玑，充满智慧，使我们无不从心底发出“听君一席话，胜读十年书”之赞叹！有学生感念先生之大恩大德，节日短信致谢，先生赋诗回复曰：“携扶有意却无求，接信感恩心愧疚。君子之交淡如水，情蕴义含自长流。”其高风亮节，真挚情怀，令人感慨！

先生半生坎坷，命运多舛。“风霜岁月磨韧性，艰困时日长才情。”他从乡村民办教师起步，凭着顽强的毅力和自强不息的精神，直做到县处级，历经磨难，备尝艰辛，对人生的不易和百姓的疾苦有切肤之感。在位上，他“岁值不惑运多舛，直面担当气如虹”“为官唯怀忧民志，处世常存报国情”“权高不足道，寝食念苍生”，以一颗“轻名淡利平常心”，勇于担当，尽职尽责，为咸阳烟草事业的发展做出了应有的贡献。对于政绩，先生风轻云淡，从不提及。他念兹在兹、难以释怀的是在人生道路上提携、帮助、有恩于他的老领导、老同事、老朋友。《朱子家训》言：“施惠勿念，受恩莫忘。”先生以行动践行了这一儒家格言。先生重情重义，滴水之恩，涌泉相报。他与几位老朋友、老领导的交往，堪称佳话。实业家李振海，为人仗义厚道，做事低调缜密，与先生相识多年，互为知己。一日，李振海西行宝鸡，原定午后归来，与先生共进晚餐，不料事有羁绊，当日未归。先生在秋雨初歇、凉风袭人的月夜，“独坐藤下石，西望思故人……风雨忆相携，今夕难入眠。”其情其状，令人唏嘘。省烟草局一位老领导欣赏先生的才干与人品，遂成莫逆之交。

“抚今常忆良师友，日久年深情弥铁。”他们相继退休后的十几年，常来常往，常思常念，情同手足。老领导喜欢戏曲，先生召集票友，亲点剧目，自当主持，并登台献艺，操琴助兴。锣鼓锵锵，丝竹悠悠，笑声阵阵，其乐融融。两位年近七旬的老人开怀畅饮，天真烂漫，状如童稚。咸阳烟草局第一任领导对先生有知遇之恩，虽已是耄耋之年，先生仍念念不忘，时时探望，从未中断。还有一位老领导，在位时曾关心帮助先生，待其告老还乡，门前冷落，先生千里迢迢，专程探望。在《芜湖访友》中，先生描绘了会面时动人的场景：“一别十年长相望，今日重见喜欲狂。楼下花树叹客远，墙边溪水吟情长。回顾烟草多轶事，畅叙退休共夕阳。苦辣酸甜言未尽，不觉月影上西窗。离座分手细端详，色斑点点见沧桑。惜别互送几折返，相约共欢再苏杭。留步踟蹰拭泪眼，回头佝偻披月光。夜风轻拂馆舍路，心潮涌动钱塘江。”白发皓首，故交旧友，相见时难别亦难！

2017年金秋，先生将其诗作结集成册，嘱余作序。凭先生的人脉和影响，找文坛翘楚、商界大咖、政坛名流为之作序，并非难事。而先生却执意找几个熟知他、懂他的人来写，这符合先生的行事风格：追求真性情，淡泊虚名利。读罢先生的诗作，我心绪难平，情不自已，写下一段文字：

古人云：诗者，志之所之也，在心为志，发言为诗，情动于中而形于言。先生每首诗作，皆有感而发，直抒胸臆，且合辙押韵，音律优美，朗朗上口。写景状物，诗中有画，有王孟之笔意；游历山水，放达身心，有陶潜之意趣；体悟人生，感喟时艰，有杜公之风骨；抒发情感，肝胆赤心，有古仁人之情操。

纵览整部诗作，强烈地感受到其精神底色和人格风骨可以用两个字来概括，那就是情怀。家国情怀，师生情怀，父子情怀，百姓情怀。无论是吟诵自然、悟道人生，还是怀念师长、唱和朋友、寄语学生、关心晚辈、体恤贫弱，都饱含拳拳之心、殷殷之情，读之令人动容、击节！同时，透过这些走心的文字，感受到作者非凡的胸襟、情操和智慧，给人以温暖、以启迪、以力量！

清代刘熙载云："诗品出于人品。" 文如其人，言为心声，德艺双馨，先生者也！

是为序。

2017 年 9 月 15 日于曲江

承蒙教诲三生幸　仰慕德昭五岳低

——恭读王克勇老师诗词

窦富国

王克勇先生是我在乾县二中读高中时的语文老师、班主任。两个月前，先生说他想把近年来写的一些诗词作品甄选结集付印，让我写点东西。我诚惶诚恐地领受了这个“作业”，直到今天才交卷，的确有些原因。

我曾经是先生最为得意的门生。1979 年大约这个时候，我升入乾县二中，就读高一一班。班主任和语文老师就是王克勇先生。当时他也刚刚从乾县最偏远的关头学校调入县城中学，印象中的称谓似乎是公办代理教师。记得第一篇语文课讲的课文是《遵义会议的光芒》。先生身穿白衬衣、绿军裤走上讲台。其实那节课我也没怎么听进去，因为——现在想起来十分好笑，我觉得先生像我的舅舅。身材、面庞、讲话的神态，包括因为高度近视而眯缝的眼睛，简直太像了！他一定就是我舅舅。舅舅当过兵，喜欢穿这样的衣服。我就这么幻想了整整一节课，甚至抱怨他怎么不注意我呢！最初对先生的亲切感激发了我对语文课的兴趣。

开学两周后，我的一篇作文引起先生的关注。先生惜才，我因此成了他的“入室”弟子而春风得意，半学期后自认是他的第一“高足”。那时，每次考试，我各门功课都名列前茅，一直到 1981 年以全校第一的成绩考入军事院校。

我永远不会忘记那个秋天。那天，先生冒着大雨、踏着泥泞来到距县城十里路的我家。我和家人惊惶不安——先生浑身湿透，镜片模糊不清，可他脸上洋溢着兴奋和满足，从怀里掏出的我的大学录取通知书竟然干干爽爽！后来才知道，因为我是提前录取，两天内必须体检。通知书送到学校，领导只能找班主任。他二话没说，一把旧伞，一双胶鞋，就出门上路。这件事虽已过去近四十年，可至今仍历历在目，让我感激终身。

先生对我的关心当时让很多同学羡慕和嫉妒。其实他很少表扬我，也很少批评我，即便是我晚自习越墙出去看电影，或者历史课逃课去打乒乓球被“查获”时，先生也只是当众开我一个玩笑作罢。这简直是“皇恩浩荡”，因为先生教书时的严厉是出了名的。他那又瘦又长的手掌扇起耳光肯定不好受，不少同学吃过苦头，有时候还“抄家伙”呢。我们的班长（空军大校退役，现任某大型国企高管）就被他用板凳腿儿打哭过。

先生的关爱隔着瓶底儿一样的镜片，我能从他的眼神里读懂，那是厚望，是欣慰。尤为幸运的是，我一家三人，我的哥哥、妻子都曾是先生门下弟子。我也因此跟先生一家有了特殊感情，我视先生伉俪如父母，先生的长女长子（幼女小妮当时尚小，彼此没有印象）跟我也情同手足。

从第一次见到先生，至今已经整整三十八年了。早年家国事冗，彼此宦海沉浮，无暇相顾。我与先生虽偶有书信往来，也是言简意赅，报喜藏忧。2005年前后，我在副师级别的阶坎上踌躇困顿，再无进取之心。先生借赴会桂林之机，专程绕道来渝，耳提面命。只可惜“樽前曾许鸿鹄志，酒后尽成燕雀哀”，应验了他曾教过我们的词句，“元嘉草草，封狼居胥，赢得仓皇北顾”。现在面对先生，只觉笨口拙舌，墨滞笔沉。

最近两个月，我反复拜读先生的诗稿，一番惊喜，二番深思，三番沉重。每到动情时，尤觉下笔难。先生的诗稿，让我从更广阔的人文视野了解了他的情怀，从更深远的历史空间感受到他的品格，虽感回肠荡气却又难以言表。先生之风，山高水长！

先生的诗词涉猎广泛，有游历，有怀古，读来如身临其境；有叙事，有感怀，诵罢如亲历其时；有自题，有劝勉，让人恍然大悟，醍醐灌顶；有庆贺，有悼亡，自是悲喜由心，情理中正。

先生的诗词体例多样，有古体诗、近体诗、现代诗；有诗、有词；有律诗、有绝句。五言七言，信马由缰，诗风淳厚，词格清雅，豪放中有凛然正气，愁苦时见乐观精神。

先生的诗词功底深厚，绝句清新凝练，组诗一韵到底；律诗对仗工整，粘连得当；古风气势恢宏，意味深远；长短句可列苏黄之派，现代诗颇具徐贺之风。

先生的诗词感情饱满，对祖国河山的热爱，对历代先贤的景仰，对师长的感恩，对子女的慈祥，对去世亲友的缅怀，对历届学生的劝勉，情真意切，词庄字严。

我能忝列门墙，三生有幸。谨以此联酬答先生：长身似鹤能延寿，大笔如椽好作诗。

2017年9月8日　重庆

目录
Contents

五言绝句

五言律诗

五言排律

七言绝句

七言律诗

七言排律

词

四言诗

自由诗

后 记

五言绝句

秋日四题

晨　练

晓风拂绿草，曙色挂林梢。
鸟欢和声远，健身人不老。

傍　晚

秋深斜阳短，垄畔草叶长。
树丛蝉哀鸣，轮回有沧桑。

自　乐

台上金鼓动，竹丝伴秦声。
寻常生旦丑，演绎世间情。

秋　夜

细雨轻叩窗，卧室独彷徨。
心存愿景美，何须明月光？

2005年10月9日

见故友①

灯下会故旧，蒙眬两鬓秋。
风雨少聚首，而今醉方休。

2005年10月20日

①故友：刘振西。

武功扶贫

严冬年关近，携礼慰乡亲。
寒雪片片白，愁容垂泪痕。

2005 年 12 月 10 日

观 雪

飞雪漫天舞，落地倏忽无。
滋润寒梅俏，清气入屠苏。

2006 年 1 月 1 日

观日四首

（一）

东山一点红，深锁云雾中。
阴霾何其重，喷薄与时升。

（二）

当午乌云滚，苦雨漫长空。
毕竟遮不住，霁色舞长虹。

（三）

夕阳亦从容，金辉映葱茏。
黄昏霞辉尽，徐徐沉西溟。

（四）

日出何患落，盛衰自天成。

奋争循正道，无须叹人生。

2006年1月1日

府南村送温暖

锣鼓催泪雨，秧歌舞悲欢。

若非生计迫，何须强笑颜。

2006年1月6日

择居佳境天城[①]四首

（一）

闹市有佳境，闲适在天城。

渭水侧畔过，飞车通衢行。

（二）

错落穷极致，参差求规整。

浓荫掩行人，绿地鸟欢鸣。

（三）

临窗湖光近，漫步见廊亭。
午后独垂钓，美煞蓑笠翁[②]。

（四）

淡定自从容，回首万事空。
心静喧嚣远，雅趣在闲情。

2006年12月20日

①佳境天城：陕西省咸阳市渭河南岸一园林式居民小区名。
②唐代诗人柳宗元《江雪》诗有“孤舟蓑笠”句。

心声

异国风光美，小住却思归。
昨夜梦醒时，独酌在渭水。

2007年12月27日

于美国佛罗里达

月夜小湖

风平树欲眠，湖心月正圆。

波动灯影长，夜静蛙声远。

2007 年 12 月 28 日

思友[1]三首

（一）

雨后夜色新，云空月半轮。

独坐藤下石，西望思故人。

（二）

过午骄阳催，引颈不见回。

何不借风神，立时扶云归。

（三）

夜沉暮色重，凭窗对孤灯。

风雨忆携扶，今夕难入梦。

2008 年 7 月 15 日

①友：指余多年知己李振海，时其西行宝鸡，原定午后归来，晚餐共聚，因变故未回，惆怅不已。

抵近金门

凭栏望金门，万炮犹耳闻。
两岸终一统，共产主义真。

2008年9月30日

武夷山瀑布

远观飞白云，近看水石亲。
壁立水成瀑，水溅石愈新。

2008年10月2日

长安污染

秋深霾笼城，八景烟尘中。
神舟近嫦娥，极目无秦岭。

2008年11月2日

接友生日祝福[①]

虽不同根生，情深意厚重。
权高无须道，寝食念苍生。

2008年12月23日

①余五十九岁生日，有友官场高就，发信祝福，回诗表意。

塞外四题

三月灵武

塞北春来迟，奇崛枣风骨。
大漠透绿意，柳动呼河鱼。

沙漠植林

远望沙成岭，近看风染青。
莫谓枝叶小，他年林中行。

车窗见景

道侧花探红，李白点缀中。
玉带绵延远，心血巧妆成。

宁东煤城

翠色掩煤城，白云映苍松。
荒漠起楼台，绿洲春意浓。

2009年4月18日

雨后红河谷八题

谷　口

云下群峰翠，石上飞瀑白。
幽谷溪流喧，浓雾透碧薇。

龙泉山庄

进谷见山庄，檐角林中藏。
水动木轮转，草屋野味香。

山　行

林密曲径斜，涧清飞浪花。
兴惬不觉远，云深无人家。

茅　棚

水畔一茅棚，木柱绕青藤。
斑渍眠黄叶，顶透见云空。

崖　下

峭壁石嶙峋，心怯少问津。
落窠滴漏水，缝隙挤树根。

溪　戏

脚下起白云，急步石上寻。
履满不觉凉，衣湿笑无痕。

春　晚

雨后山披霞，浓荫蔽野花。
欲俏不见日，泪叶向天涯。

感　悟

新雨河谷行，步转峰愈青。
山秀人乘兴，众口山出名。

2009 年 5 月 15 日

与友消夜

翌日即除夕，相邀在故里。
把酒问来年，可否再同醉？

2010年2月12日

姨母三周年

喇叭声声咽，泥泞片片雪。
墓地灰飞时，伤感泪自落。

2010年2月12日

除夕思友[①]

窗外无明月，荧光树下雪。
神交已十载，情长永定河。

2010年2月13日

注释

①年三十，夜幕浓，立窗前，思李兄嵩震，遂口占一绝。

牡 丹

春动芳蕊开，娇艳领风采。
团锦百花羞，天香引蝶来。

2010 年 4 月 16 日

竹舟小憩

倚桨风中立，无暇卧竹椅。
绿水轻抚舟，神仙亦痴迷。

2010 年 5 月 1 日

乡 情

稍憩泾川停，温泉有人迎。[1]
觥觞相与语，弥深是乡情。

2010 年 8 月 12 日

①在泾川接待者乃故乡友人之子。

泾川小景

林透溪水清，小桥卧浮萍。
村远云雾遮，塔尖朦胧中。

2010 年 8 月 13 日

试射

草地射箭场，挽弓意逞强。
一矢飞离弦，不料落靶旁。

2010 年 8 月 16 日

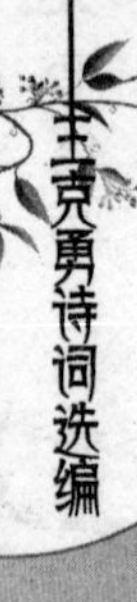

绵山石涛仙谷

人高显山矮，水浊心愈清。
涤尘光色鲜，静观天地明。

2010 年 10 月 5 日

渭河迎春

草色黄来尽，柳叶日日新。
催春难如愿，枯荣在年轮。

2011 年 3 月 30 日

涧畔小憩

踩石过小溪，脚下浪飞白。
木屋起水畔，席地开野炊。

2011 年 4 月 29 日

深山写意

密林幽谷处，玉绦壁上舞。
天公神来笔，诗情挥洒时。

2011 年 4 月 29 日

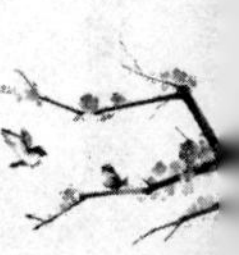

石 蟾[①]

河谷七尺蟾，举头悔长天。
本居神灵位，落魄在失言。[②]

2011 年 4 月 29 日

①石蟾：少华山景观名。
②传说石蟾曾为汉代神使，因在天帝前误评华山与少华山之高低，遭贬此地忏悔。

漓江九马画山

天作山成马，入画马是山。
奋蹄昂九首，神奇赖自然。

2017年5月29日

漓江二郎峰

二郎挺逸秀，傲然对中流。
游人复回首，奇景不可求。

2017年5月29日

五言律诗

祭父

孩提富家子，文学[①]堪立志。
战乱难如愿，读经不逢时。
民国为人师，"文革"遭欺辱。
晚年理阴阳[②]，送柩千人哭。

2005年9月25日

①文学：余父名。
②阴阳：华夏占卜之学。父亲四十岁后，为乡里勘定红白大事时辰，测选墓址，调理宅院等。

冬前[①]祭父母

又到九月底，驱车送寒衣。
冢碑仍依旧，双亲早安息。
纸钱三五沓，冬装一二袭。
感恩三叩首，儿孙一旁泣。

2005年9月29日

①故乡有农历十月初一在先辈坟前烧化纸钱、衣服的风俗。

悼母

寨里[1]生吉祥，大家有教养。
幼时掌上珠，荒岁走平凉[2]。
爱人无长幼，治家定短长。
邻里多感慨，有难念四娘[3]。

2005年9月30日

①寨里：家母娘家村名。
②走平凉：民国十八年（1929），大荒，母亲举家逃往甘肃平凉度饥。
③四娘：父亲辈分排行第四，故下辈人称母亲四娘。

沛县汉王宫

沛县出沛公，慕名谒汉城。
初起泗亭吏，君临咸阳宫。
天意无定数，布衣亦枭雄。
乡野有高人，慧眼叹吕翁。[1]

2005年11月13日

①吕翁，刘邦岳父。刘邦少时位卑落魄，吕翁仍认定其后必成大事，以女嫁之，足见其识人之明。

淮海战役纪念馆

江淮排战场，热血迎曙光。
运筹斟酌细，决胜意气昂。
奔袭千里短，坚守十日长。
歼敌五十万，中原红旗扬。

2005年11月13日

上吴村①坡

未敢忘亲情，隆冬北塬行。
风动黄尘起，径曲麦苗青。
白发抱茅柴，佝偻挽车绳。
犬吠炊烟尽，荒村闻鸡鸣。

2005年12月13日

①吴村：妻娘家村名。

探访病友

拨冗心疲惫，驭繁人憔悴。
经年不顾身，抱病方知悔。
久困名利场，难熬功业累。
流俗皆粪土，唯有人为贵。

2006年2月20日

彬县感怀

水畔桃蕊红，道旁柳扶风。
徜徉花送香，驱驰景寓情。
换地争朝夕，改天[①]梦苍穹。
公刘[②]垂青史，尤敬毛泽东。

2006年4月8日

注释

①改天：改天换地为当年农业学大寨常用口号。
②公刘：是古代周部族的杰出首领，周文王的祖先。其子庆节即位后，把国都建在豳地（今陕西省彬县、旬邑县一带）。

彬县果农

水畔果林荫，梨枣压枝沉。
鸟雀跃绿叶，农夫却忧心。
晨起即侍弄，暮归仍牵魂。
今朝逢大年，可否揽碎银。

2006年5月

端午

又到端午节，风情小有别。
汨罗荡龙舟，姑苏悲夫差。
千载祭忠魂，两地竞风采。
屈原唤子胥，对视共开怀。

2006年5月31日

赠友人[1]

舐犊母女情，尽孝告神灵。
幼时蒙呵护，不惑愧晚情。
舍身难相报，惜时陪残冬。
泣血念杜鹃，续缘候来生。

2007年2月16日

①友人：余朋友刘凡，其母患不治之症，尽孝床前，感其诚以记之。

镇安深山写意

白云戏绿水，秀女涧畔立。
山远峰头翠，瓦黧雄鸡啼。
纤针走鞋垫，长发衬红衣。
春笔自描画，风景这边美。

2007年4月30日

登高山草甸不及

高山有草甸，广袤接云天。
草厚铺松软，花鲜竞姣妍。
峰头鸟欢鸣，林丛蝶翩跹。
日夕且折返，向往再登攀。

2008年10月25日

岐山农家乐

春晚花羞芳，翡翠溢流光。
农舍门虚掩，家菜垂涎香。
挑帘闻乡音，濯手见慈祥。
庭院似曾识，周塬漆水①长。

2009年9月15日

①漆水：漆水河，经乾县扶风界入渭河。

香港迪斯尼乐园

花甲到香港，陡发少年狂。
鹰船翻亦飞，秋千云中荡。
更倚百丈塔，瞬间升忽降。
同行多劝阻，挚友助我强。

2009 年 12 月 14 日

青城山朝阳洞

石壁青似铁，有洞东向开。
门扉见沧桑，檐上印草苔。
道祖肃然坐，祈福悲悯怀。
崖坡明复阴，道统永不灭。

2010 年 5 月 3 日

沙湖沙丘行

沙丘湖边立，沙色洁如洗。
赤足生童趣，趔趄登顶急。
骑驼意兴起，飞车心口提。
遥看沙雕女，长袖向朝晖。

2010 年 8 月 14 日

茜茜九岁生日

呱呱多病痛，问医辄受风。
操劳父母义，启蒙隔代情[1]。
匆匆光阴迫，亭亭少女容。
读书长才智，健体笑盈盈。

2010年11月9日

注释

①茜茜三四岁，余为其授完小学语文、数学第一册。

会 友[1]

冬初日正午，友朋再小聚。
乡音游子情，坎坷风雨路。
把酒忆岁月，怀旧多唏嘘。
分手犹难舍，重逢将何处？

2010年11月10日

①友：指余挚友刘作英、学生邓博。

驴友野炊

山洼觅小院，背风又平坦。
果蔬奶肉蛋，炊具物料全。
吱吱蓝焰起，滚滚热水翻。
席地野餐酒，兴味自难言。

2010年12月18日

博鳌古镇

三江入海处，博鳌起新图。
水天成一色，沙渚画百幅。
赏心别墅群，精妙花间树。
小镇论坛日，中国发声时。

2011年3月17日

云台山茱萸峰

健步凌绝顶，群山托玄宫。
曲径树丛隐，薄雾足下横。
沟深不见底，云断极目穷。
心旷欲把酒，得意尽春风。

2011年5月14日

儿童节寄语茜茜

“六一”见女孙，情思乱纷纷。
孩提本嬉戏，童趣自率真。
课业日日重，题目一一深。
快乐读写算，开心长学问。

2011年6月1日

西安世园

炎夏日当午，重游不踌躇[1]。
赏心塔桥水，悦目花草树。
荟萃华夏景，点缀异国殊。
最美忘情夜，金碧辉煌处。

2011年6月15日

①当日宏方公司组织游西安世园，因日前曾粗览，美景诱引与不甘寂寞之间似难决断。

峡谷小景

谷深自成峡，怪石见森煞。
风起云涌动，电闪雷交加。
崖隙生老树，飞鸟忙置家。
衔草细结巢，超然一幅画。

2011 年 11 月 7 日

南京玄武湖

古城嵌明珠，夜游玄武湖。
水面灯影长，树梢月圆时。
路转柳叶摇，岛幽回廊曲。
林深歌悠远，石机见情侣。

2012 年 5 月 5 日

秦岭中寺沟

雨后云蔽日，游山别有趣。
光漫溪水白，霭青峰头绿。
天低幽谷静，气凉荆花馥。
美景自在心，阴晴皆顺适。

2013 年 4 月 5 日

悼张汉[①]先生

空有济时志，枉读五车书。
笔下铺锦绣，戏中弄华辞。
处境多蹇舛，寄情有志书。
过眼成云烟，逝者如斯夫！

2016年9月15日

①张汉：乾县文士，擅古文，喜诗词，有剧本《紫金簪》传世。

五言排律

小妮二十八岁生日[1]

四野隆冬寒，柔光映窗帘。
凝神难自已，遥望眼欲穿。
依稀忆当年，冰坠挂瓦檐。
陋室矮土房，幺女降人间。
爹娘掌上珠，祖母无笑颜。
两房[2]排老六，小丫不是男。
炎夏土上爬，萧风木车眠。
粗饭虽定时，布衣无冷暖。
寒气侵脾胃，遗矢黎明前。
夙夜不堪累，拳掌责之严。
注定多磨难，积久病凶险。
就医悲戚戚，吊瓶夜漫漫。
资费难承负，挥泪出医院。
认定属不治，听命但由天。
心诚奇迹现，土方赛神仙。
艾叶加炒盐，痼疾终得痊。
稍长进学堂，成绩霸校园。
病假逾三月，终考仍夺冠。
花口[3]读初中，两年转入咸。
纸校[4]露头角，中考区状元。
十年寒窗苦，一朝尝甘甜。
金榜录名校，秋日到武汉。

海阔凭鱼跃，天高双翼翩。
昂首再启程，立志奔高远。
课余攻托福，雅思再登攀。
险阻从头越，苦战过难关。
区区农家女，砥砺大梦圆。
挥手别亲人，直飞美利坚。
异乡步履艰，赤手无亲缘。
节衣又缩食，料理一肩担。
语言如山横，复听夜阑珊。
学海无止境，课题靠钻研。
天道必酬勤，成功赖攻坚。
学业日精进，青春光亮闪。
异国生情缘，肤色难阻断。
相遇到相知，携手结百年。
家有英才女，欣慰不自言。
奋斗无穷期，明朝更灿烂。

2005年12月20日

①2005年12月28日，是余女小妮二十八岁生日，念其仍在美读研，余寄诗以贺。

②两房：余兄弟两人，兄当时已有三子，余膝下一女一男，小妮排第六。

③花口：指乾县花口初级中学。

④纸校：原咸阳造纸厂职工子弟学校。

赠武大夫[1]

祖上效仲景，悬壶有传承。
真人却低调，妙手济苍生。
楼高趋者众，室陋人簇拥。
初至背亦扶，去时健步行。
秦都称神医，京城留盛名。
侯门深似海，谈笑任君行。
无心攀权贵，专意救贫生[2]。
路遥知马力，危难见古风。
德隆众望归，春回业愈精。
天地神明在，子孙福无穷。

2006年1月1日

①武大夫：名武保成，咸阳骨科翘楚，出身乡野，承继家传秘方，妙手回春，声名远扬。

②救贫生：一高中生患骨痛卧床不起，武大夫亲往学校诊治十余次，直至痊瘉。因其家贫，武大夫分文不收，一时成美谈。

孙男满月

花甲百事顺，阖家俱欢欣。
心结唯自知，难堪相与闻。
午夜常不寐，缺憾无男孙。
百善孝为先，无后心插针。
孙女虽乖巧，独木不成林。
块垒挥不去，岁移情更殷。
夙愿忽得偿，涕泪湿衣襟。
大喜卷诗书，狂饮不识门。
满月宴亲朋，开怀忘年轮。
有敬无不领，仰头一口闷。
百杯兴未尽，举步逐人斟。
酩酊不自知，飘然足下云。
返程心气高，大醉再举樽。
祈愿天作美，佑护伴福音。
再告子与媳，最难唯育人。
璞玉须细琢，行止先自珍。
苦读养雅气，严教礼数彬。
磨砺立长志，谋远树雄心。
交友须谨慎，敬贤远小人。
立德业精进，体壮力千斤。

功到自然成，德才求双馨。
家风可承继，自有后来人。

2013年8月10日

偶遇书法家沈墨

君生渭河南，滨水我北临。
本是陌路人，一见何其亲。
汝父三年祭，返乡尽孝心。
功成念根本，泣血撰碑文。
大笔媲启功，妙语透精深。
人本以群分，笑谈成知音。
叙旧同命运，议政主义真。
但恨相识晚，执手不忍分。

2017年3月2日

苦乐年华

——师生再聚

时令值阳春，再聚隔三旬。
人在麦香苑[①]，搅团[②]开乡音。
店名本无意，落座话题沉。
重温孩提事，忆旧在乡村。
节气顺农时，好雨降春分。
五月人倍忙，妇孺田头奔。
丁壮挥铁镰，汗雨透衣襟。
耳濡又目染，苦累庄户人。
现实堪为训，少小志气存。
苦读闻鸡起，前程自力寻。
冻馁置身外，鲤鱼跃农门。
寒窗十余载，咬牙对艰辛。
危房土坯桌，琅琅书声闻。
油灯伴夜学，作业口鼻熏。
有幸乾一中，学海共浮沉。
课堂心绷紧，文理皆尽心。
午后再温故，互考习外文。
夜静路灯下，笃思自考问。
犹记窗前灯，师生共发愤。
刻苦见回报，一榜改命运。

手捧通知书，圆梦降福音。
倏忽三十载，额头增皱纹。
生路多坎坷，斑白爬两鬓。
历经风与雨，几度曾浮沉。
纷繁事务忙，公私系一身。
单位小社会，复杂众纷纭。
疲惫难排遣，块垒常在心。
唯有同学聚，一扫满腹尘。
无欲复无求，非官均为民。
无拘更无束，谈笑素搅荤。
调侃出妙语，碰杯总有因。
兴起即席唱，献花笑一群。
更有好事者，花样随翻新。
当场拉郎配，捧腹一桌人。
岁移师成友，忆昔格外亲。
共话讲台事，诗句接续吟。
嬉戏忘年轮，不觉时转瞬。
尽欢再惜别，依依情更殷。
执手看泪眼，师生最清纯。

2017年4月6日

①麦香苑：咸阳饭店名，以农家饭菜见长。
②搅团：关中小吃。

下云丘山

下山备缆车，老夫偏不坐。
有福且慢享，壮行心头热。
决意徒步走，竹竿随手握。
仅防人失衡，情急多只脚。
明知山路远，心高却忐忑。
坡长无尽头，险处有扶索。
连下百十阶，一步一坎坷。
时见树枝横，只能伏身过。
偶有三尺平，喘气暂歇脚。
同行互勉励，相扶共携扯。
及近乘车处，两腿直哆嗦。
往岁常爬山，但行不退却。
而今两重天，狼狈难诉说。
不怨锻炼少，年岁成借托。
回看巡山人，华发皱纹多。
登高如履平，抹汗又唱歌。
既是同龄人，相去何其多。
劳心常久坐，筋骨自衰弱。
践行有心得，健身莫耽搁。
动静两相宜，心态再淡泊。

长立修炼志，坚持度岁月。

少累儿和女，且行且快乐。

养生无穷尽，仍须再求索。

2017年4月23日

七言绝句

达坂城见乡党

张骞远行丝路开，而今驱车游轮台。
孤烟落日无缘见，乡音动情泪满腮。

2005年9月13日

张家界情侣峰

黄石寨边踏歌行，观景台上人欢腾。
绿女红男留倩影，白头偕老共山盟。

2005年10月5日

生日[①]谢友四首

（一）

烛光灯影暖意浓，笑语欢歌秦之声[②]。
举杯自愧德劳少，铭记挚友一片情。

（二）

经磨历劫知天命，熙攘奔波忘半生。
萍水相逢成故旧，歌乐典礼汝玉成。

（三）

世易时移失道统，趋炎附势渐成风。

肝胆相照仁者稀，世事混沌浊掩清。

（四）

知心知己在坦诚，点滴知著见心胸。

念君厚义薄云天，有朋如此慰平生。

2005年12月26日

①农历2005年11月26日，余五十六岁生日之夜。

②生日夜宴，友人即席安排秦腔演唱助兴。

探视羁押同事

铁窗暗室泪纷纷，法网不漏贪心人。

常思缧绁牢狱苦，终老慎独手莫伸。

2005年12月31日

扶贫再感

一路沉思问长空，何以世间多不平？！

安得捧掬三江水，遍洒甘霖莫悯农。

2006年1月29日

二线[1]前感言

谢幕方知在台易，诸事阻滞舟行逆。

莫道时风江河下，顺势而动总相宜。

2006年3月13日

①二线：当时的烟草系统，干部六十岁退休，提前四五年离开实职领导岗位，谓之退二线。

余　晖

浩浩泾水映落日，金星点点闪忽无。

滔滔不绝东逝去，苍岭依旧断桥孤。

2006年5月

寄语小妮婚典[1]四首

（一）

吾家爱女早长成，搏击学海鲜有踪。

异国他乡结连理，山重水复难成行。

（二）

六月流火织葱茏，佛州圣殿喜气盈。

学友师长踏歌来，奈何不闻父母声？

（三）

寄语电波胜飞鸿，光载家书亦从容。

但憾中美非比邻，引颈空望万里程。

（四）

愿借长天七彩虹，疾风送我上苍穹。

倾情婿女再祝福，白头偕老座右铭。

2006年6月1日

注释

① 2006年6月1日，爱女小妮在美国举行婚礼，但憾因故不能到场，余撰文组织拍摄“青春无悔”小片。本诗为该片落幕词。

崂山狐仙[1]洞

名山有幸藏狐仙，佑渔赶海神灵显。

卜算传报避风浪，心系黎庶自感天。

2006年10月30日

①狐仙：为崂山渔夫祖辈供奉之神。相传其可预知出海之福祸，渔者叩拜，香火不绝。青岛一富豪曾捐资五百余万，铺石阶直通洞口，以利信众上香祈福。

骊山鸟语林[1]

终岁空望烽火台，骊山林丛鸟声哀。
笼中泣血空振翅，接踵游人下山来。

2006年11月1日

①鸟语林：在骊山烽火台下，百鸟网囚其中。

千岛湖一瞥

莺啼玉树花当醉，湖光潋滟白鹭飞。
习习轻风捧夕阳，浓荫掩映扁舟回。

2006年11月20日

冬日过旬河[1]

风过斜阳翠屏[2]肃，枯藤曲径草色无。
莫怨严冬无情意，孕育春来万物苏。

2006年12月11日

①旬河：亦称豳河，流经旬邑县城。
②翠屏：翠屏山，豳河从其脚下流过。

宝鸡金渭湖

烟雨陈仓草色新，风动柳枝绿醉人。
横舟笑看鸭戏水，进退去留淡如云。

2007年4月25日

于美国佛罗里达

佛州海滩用餐

水畔酒楼面海开，方桌圆椅一字排。
凭栏俯瞰人冲浪，膝下小鸟觅食来。

2007年12月30日

于美国佛罗里达

佛州黎明

雨润清新人欲醉，嬉水白鹅唤熹微。
风动丛林鬒影淡，群鸦如云晨光回。

2007年12月31日

于美国佛罗里达

圣·奥本斯丁镇四首

（一）

夤夜无眠意不休，呼婿唤女奔圣州。

沧桑石堡无暇顾，唯觅伉俪婚假楼[①]。

（二）

去年新婚度假处，而今举家欢愉时。

天公作美解人意，丽日如画墨云舒。

（三）

古街小巷似棋局，百千遗迹风情殊。

忆昔炮舰洞国门，而今中法成眷属。

（四）

长天碧水无涯际，暮色苍茫不知离。

堪慕筝蝶乘风去，越洋直飞法兰西[②]！

2008年1月2日

注释

①婚假楼：女儿、女婿美国成婚后，在此度假。

②法兰西：女婿系法国人，婚后向往故乡。

进华人旅馆

朱门穹顶似曾识，一帆风顺赵公图。

启帘不见主人面，却闻乡音里间出。

2008年1月5日

纽约海边小景

巨轮侧畔鸟盘旋，斜上白云入蓝天。
鸽群踱步望游客，小鼠摇尾蹲草间。

2008 年 1 月 6 日

飞艇绕鼓浪

华发聊圆少年梦，中流击水踏波行。
风起浪涌多颠簸，有惊无险共欢声。

2008 年 10 月 1 日

沙滩嬉戏

秋阳铺金海滩平，轻风微起潮头涌。
挽裤赤足滩头戏，亦神亦仙亦顽童。

2008 年 10 月 1 日

谒武夷山朱熹书院

金舍书院立山门，峰屏水拥隐竹林。
莫言闽地文风盛，朱子传教五十春。

2008 年 10 月 2 日

武夷山漂流

一山带水清见底，竹筏皮艇无止息。
挥桨击流欢声远，石滩搁浅人不急。

2008年10月2日

太白涧畔

深山小径铺黄叶，时见枯木自横斜。
林间细流觅归处，汇成飞湍奔山外。

2008年10月25日

圆照舍利塔[①]

石塔凭栏依山起，青松翠柏四合围。
高僧圆寂瑶池远，信众寄情望魂归。

2008年10月25日

①舍利塔：秦岭深处古塔名，传说因高僧圆寂而立，塔中藏舍利。

河堤行

风卷衰草弱柳黄，尘埃起落任飞扬。
漫步河堤无归处，应对谁人话悲凉？

2008年11月26日

寄富民兄

忆昔邂逅一笑中，历经困顿仍从容。
卅载光阴倏忽过，情深谊重共余生。

2008年12月19日

附富民兄回诗：

富民兄回诗

豪情何曾付东流，艰辛历尽即自由。
世事浮沉诗心在，不向黑发叹白头。

2008年12月20日

冬祭

冬至[1]西风枯叶散，碑前丝丝缕缕烟。
追远空有双膝跪，不闻呼名自九泉。

2008年12月21日

注释

①冬至：农历节气名。余故乡有冬至去父母坟头烧送寒衣的习俗。

太平[1]深冬四首

（一）

夕阳点染紫云笼，山色苍凉雾轻盈。
古藤竹木傍曲径，空谷深处惊鸦鸣。

（二）

踏阶过桥沿溪行，寒山旷谷少人声。
看景流连常止步，吹面不是杨柳风。

（三）

幽谷冬景何处寻？清潭飞瀑自迷人。
冰下水动多雅趣，玉柱倒挂灿若银。

（四）

暮色四合日西沉，缓步相伴出山门。
笑语欢声言未尽，友情暖心冬胜春。

2008 年 12 月 28 日

注释

①太平：太平国家森林公园。

秦岭高冠瀑布

清流腾跃三丈壁，自有银练石上垂。
咫尺不闻声震耳，怅然若失向天梯。

2009 年 3 月 21 日

携友黄陵未行

桥山[①]苍翠春欲游，沮河[②]古柏望中求。
他日登临多叩拜，就近捷足咸阳楼。

2009 年 4 月 12 日

①桥山：中华始祖黄帝陵所在地。
②沮河：黄陵脚下河名。

盲人拉琴

花丛小径信步行，林间漫流风琴声。
五色伞下奏乐人，目瞽自强绽笑容。

2009 年 12 月 15 日
于台湾士林官邸

台中地震

观光就宿兴未尽，谈笑地动忽惊魂。
避险权且车当屋，寒夜长叙暖胜春。

2009 年 12 月 17 日

早春雪景

清明节后雪纷纷，碧草青春透青白。
洗润桃花更娇艳，颤动枝头唤阳春。

2010年4月14日

蜀南竹海[1]

蜀南竹海天生成，峰峦百里泻翠青。
谁人信手嵌碧水？留得桃源仙境中。

2010年4月30日

①蜀南竹海：在四川宜宾，著名风景胜地。以漫山翠竹、碧水小湖闻名于世。

蜀南“海中海”泛舟

竹林深处海中海，群峰环拥一镜开。
衣红筏动笑扬波，霞光碧影扑面来。

2010年5月1日

蜀南竹海翡翠大道

脚下红石铺千尺，光色透绿渐却无。
竹叶浓密遮望眼，碧砌玉叠难见日。

2010年5月1日

翠湖荡舟

舟行龙湖碧水平，人在画中笑春风。
青山翠竹阅未尽，人在胜境情在胸。

2010年5月1日

龙湖行

苍山如画竹叶青，碧水小舟任我行。
极目天际云色淡，低头涟漪万千层。

2010年5月2日

龙湖小景

玉树亭亭俏峰顶，木屋栉比傍亭东。
衰草衬托竹万竿，小筏横斜人从容。

2010年5月2日

坐滑竿

竹竿为轿简亦轻，山路石阶有人乘。
仰坐但见汗浃背，也曾力尽事农耕。

2010 年 5 月 2 日

凤县街舞

悦耳神曲天外来，千人起舞凤城街。
挥臂转腰会心笑，光色陶醉人开怀。

2010 年 6 月 5 日

紫柏山

久慕名胜紫柏山，风啸雨急足不前。
如画美景难一睹，好汉①止步鬼门关②。

2010 年 6 月 6 日

①②登山路上有景，分别起名好汉门、鬼门关。

翠华山三题

冰风洞

酷暑赤日似火烧，冰风洞口寒气袅。
弯腰蹀躞透身凉，疑似寒冬过冰桥。

吊 床

山脚湖畔觅浓荫，树干系床亦销魂。
日影透绿看蝶舞，风来悠然自在身。

玄 关

山崩突兀立巨石，比肩无伦举世孤。
朴初[1]慨叹题“玄关”，天工开物人惊服。

2010 年 6 月 19 日

①赵朴初：已故著名佛学家、书法家。

滑 沙

沙坡陡峭平地起，滑板如飞直冲底。
人仰马翻不时见，观者会心笑嘻嘻。

2010 年 8 月 14 日

乘羊皮筏

沙坡头下黄河流，初坐皮筏晃悠悠。
随波逐流任摇摆，吊桥过客正当头。

2010 年 8 月 14 日

滑索道

钢索凌空跨黄河，全副武装从头越。
启动恰若箭离弦，魂惊魄散浑不觉。

2010 年 8 月 14 日

沣峪水库索桥

千尺索桥晃悠悠，摇摆趔趄人发愁。
胆寒不看千顷湖，空有白鹅戏龙舟。

2010 年 9 月 4 日

阎锡山[①]故居两首

（一）

六代不弃鸿鹄志，含辛茹苦成望族。
家园广田百余亩，楼舍一围万千尺。

（二）

雕梁画栋匠心具，明堡暗道少人知。
笃礼崇义耕读第，谋划军政都督府。

2010年10月2日

①阎锡山：中国国民党要员，军阀。曾主政山西近四十年。

孟冬即景

草坪冬青层层翠，风卷黄叶片片飞。
梧桐次第列千树，云月空待凤凰回。

2010年11月13日

夕阳红

午后春阳暖身心，前有情景动心魂。
病弱蹒行倚双拐，白首相扶共黄昏。

2011年2月25日

访友未及

情意切切向西楼，风啸灰飞行且留。
落叶片片阶下卧，心无依托何处投？

2011年3月12日

三亚观海两首

（一）

捧嚼芒果坐沙滩，心似大海纳百川。
观日听涛且悠闲，荣辱贫富一笑间。

（二）

姐妹牵手沐海风，身后波动万千重。
前仰后合口不拢，了无拘束人年轻。

2011年3月15日

窗外

楼下湿地风物美，临风玉树绽春蕾。
波光粼粼池清浅，野鸟翩翩自在飞。

2011年3月17日

三亚蜈支洲（情人）岛两首

（一）

海中孤岛蜈支洲，原始风貌不胜收。
花丛情人偶飞吻，带笑转身观涛楼①。

（二）

熙熙攘攘再上艇，抱憾离岛未了情。
蜃楼仙境渐远去，何日携手再成行？

2011年3月18日

①观涛楼：蜈支洲顶高楼名。

吊　伞

束紧围腰轻挽绳，飞伞带我凌海空。
波涛渐远白云近，飘然欲仙不虚行。

2011年3月19日

三亚百尺峡

燕子碥道百尺峡，光色柔美一路花。
飞流直下九道瀑，此处当是神仙家。

2011年4月29日

鹰嘴石①

石鹰长喙堪凶猛，可惜永禁深山中。
若非贪食皇家鱼，会当振翅傲云空②。

2011年4月29日

①鹰嘴石：少华山景观名。
②传说该鹰为东汉刘秀所养，因偷吃鱼遭贬，不得出山。

悯村妇

乘兴驱车红河谷，村妇痛哭拦去路。
儿罹车祸无人问，“还我生命”拉横幅。

2011年5月1日

华山服务区小憩

正是春染芳菲时，日映浮云风送舒。
不思华山奇险秀，心飞豫西大峡谷。

2011年5月13日

潼关

倚山踞险风陵渡，月黑风高铁马嘶。
折戟沉沙千古事，沧桑巨变进行时。

2011年5月13日

刘秀湖

一湖静卧深山中，篁竹环绕岸柳青。
翠峰有意留倒影，游鱼无心自在行。

2011年5月13日

坐石莲

石门洞里莲花盛，叶开五瓣栩如生。
静坐其上手合十，远离凡尘心澄明。

2011年5月13日

茱萸峰

登临王维赋诗处[①]，峰头处处见茱萸。
欢歌笑语不绝耳，思亲有愧我自知。

2011年5月14日

①该峰系唐代诗人王维赋“每逢佳节倍思亲”诗句之地。

枯槐

仲夏草木尽蓊郁，道侧老槐枯无绿。
寂寞难耐离故地，方知淮北橘为枳①。

2011年6月27日

①《晏子使楚》有“橘生淮南则为橘，生于淮北则为枳”。

牵念四首

（一）

故人南下蜀地去，择时适逢黄道日。
身负重责父母爱，巨石压心少人知。

（二）

暮色苍凉离故土，携子驱车穿浓雾。
君自门前路口过，我立窗前空唏嘘。

（三）

随行如影心飞驰，担忧冷暖在旅途。
云横秦岭人隔绝，幸有电波传情思。

（四）

月隐树梢又日出，思潮不已涨心池。
遥祈事成早归来，分享灯下共话时。

2011年12月12日

晋中九女仙台

湖心仙境竖莲台，楼榭亭阁气象开。
留得如画栖身处，思凡九女自然来。

2012年4月30日

个园四题

（一）

青竹万竿叶色翠，风起摇曳如帐帷。
石径深处列银桂，画意诗情进豪宅。

（二）

奇石异卉有个性，春夏秋冬自不同。
生发收藏合节令，争奇斗妍龙点睛。

（三）

假山深处藏石洞，石桌石凳顶透风。
炎夏故人尽兴饮，石床侧卧憩醉翁。

（四）

书楼经阁置山顶，园主辟蹊后门通。
披阅无扰第一乐，学海修身持家风。

2012年5月8日

瓜洲古渡[1]

船楼极目大江水，烟波浩渺无涯际。

雪夜瓜洲遗迹在，货轮历历自游弋。

2012年5月9日

注释

①瓜洲古渡：在今长江扬州、镇江段。出自南宋爱国诗人陆游诗《书愤五首·其一》"楼船夜雪瓜洲渡"一句。

感恩节复忘年同事[1]

携扶有意却无求，接信感恩心愧疚。

君子之交淡如水，蕴情含义自长流。

2012年11月21日

注释

①时年感恩节，有在职高就朋友来信，谢余长期携扶，余回此诗。

六十三岁生日

后生共邀贺诞辰，婉拒再三念艰辛。

案头忽陈文房品[1]，礼轻意重暖身心。

2012年11月26日

注释

①文房品：指晚生为余庆生购赠的笔墨纸。

深山人家

土墙灰瓦木门闭，绽绦古树前后围。
花间卧犬舌舔尾，见客不惊啄食鸡。

2013年4月5日

光雾山①居

门前喧腾忘情河，开窗扑面绿满坡。
黎明掀帘诧美奇，雾染翠屏下白鹤。

2013年5月20日

注释

①光雾山：位于四川省巴中市南江县北部，著名景点。

香炉山①

未见香炉生紫烟，翠峰如海映蓝天。
极目俯瞰群山矮，宇穹在顶三尺三。

2013年5月20日

①香炉山：在陕西汉中市西南约七十公里处，山顶神似香炉，故名。

胡杨

根条深扎荒漠中，铁干虬枝傲烈风。
千年苦旱仍坚劲，逆境顽韧可求生。

2013 年 9 月 20 日

陕南踏青三首

（一）

清明时节雨润酥，呼朋引伴上旅途。
车轮飞转青山近，畅谈不觉云深处。

（二）

雾绕奇峰天空蒙，车行山野画图中。
夹岸菜花染金黄，春树绽绿杜鹃红。

（三）

秦岭深处有人家，倚山面水崖畔花。
仙境桃源何处寻，天上人间在沟洼。

2014 年 4 月 3 日

早春渭河三首

（一）

日照渭滨衰草黄，湖水荡漾泛波光。
沙间幼童步蹒跚，笑指风中岸边杨。

（二）

渭桥凭栏极目望，混沌依稀唯楼房，
安得再借芭蕉扇，一扫雾霾数牛羊。

（三）

轻风拂面自徜徉，心驰神往游八荒。
初春午后寒意迫，却问归燕飞何方？

2017 年 2 月 20 日

秦皇广场四首

（一）

宝车驷马坐秦皇，威加海内气轩昂。
横扫六国成一统，华夏封建启新章。

（二）

一人一筒一音箱，自唱自乐声远扬，
莫问音律可合拍，但求尽兴心欢畅。

（三）

白发垂髫轮登场，喜怒哀乐情激昂。

丝管声声鼓钹合，念唱吹打乃秦腔。

（四）

歌舞遍布人气旺，一曲未了一曲响。
若非国运日强盛，何来笙歌起万方？

2017年2月22日

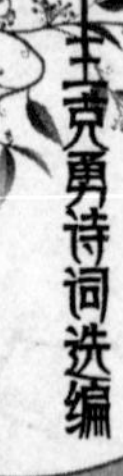

吴忠春雪

晨起褰帷漫天白，柳絮杨花舞翻飞。
天公一念时令返，风雪萧杀冬又回。

2017年3月23日

山庄小景①

前坡杏花向丽日，沟塬层叠青苗绿。
春动老树催新叶，崖畔桃蕊开苞时。

2017年3月26日

注释

①因故走漠西北窑，乡野天地，耳目一新，自然小景，悦目成趣。

艇游漓江四题

蟠桃迎客

江畔历历见奇山，底如圆墩顶上尖。
若非翠色扑面来，误认蟠桃落人间。

莲花峰

水曲峰回艇前行，风物光色不相同。
颗颗蟠桃留身后，眼前绽开莲花峰。

兴坪人家

兴坪水宽峰似塔，金凤翘首迎飞霞。
屋前地头人挥汗，真美原本在农家。

抓拍小记

长桌午餐刚铺排，又有美景扑面来。
停箸冲刺忙聚焦，错失无补空挂怀。

2017年5月29日

七言律诗

和学生富国[1]

二十余载未能忘，莘莘学子苦寒窗。
倾心教诲课时短，苦口斥责情义长。
文章华彩板凳冷，金榜题名学业强。
扪心自问愧当初，桃李醉在扬子江。

2003年1月6日

①富国：窦富国，余任教乾县二中时的学生。2003年春节，他来电问候，并赠诗一首。余随后和其诗以抒怀。

附窦富国原诗：

年节与恩师远途通话有感

午后小酌愁对窗，樽前幽梦忽还乡。
二十年过光阴短，八百里隔情义长。
暮鼓晨钟听教诲，春风秋雨学文章。
醒来心绪如何状，暮霭低垂扬子江。

2003年1月31日

再上吴村坡

飞车驱驰旱腰带，山荒地野迎面来。
坍淤古窑遗迹在，斑驳土屋柴门开。
孤庄独户成往昔，比邻楼檐已铺排。
山峁坳沟见衰荣，沧桑巨变好年代。

2004年4月10日

元日感怀[1]

履职五载意如何？风霜雨雪坎坷多。
秦岭高悬整治剑，渭水低吟规范歌。
庙堂无意论功过，桃李有蹊自评说。
伴君奋进常喟叹，唯愿凯旋共康乐。

2005年农历正月初一

①元日静夜，思绪难平。思陕西烟草之巨变，念掌舵决策之艰难，成诗一首，寄李兄嵩震（当时系陕西省烟草专卖局局长）雅正。

卸装[1]前感言

蜡梅傲雪报春讯，金鸡引吭年节临。
事逢盛时尾声近，人步闲庭感喟深。
栉风沐雨奋争路，轻名淡利平常心。
尔后诗书伴寂寞，绕膝开怀有稚孙。

2005年1月30日

① 卸装：借喻余按规定从实职岗位退二线。

悼长德[1]兄

博闻强记一书生，但憾不见世道平。
心系乡亲血沃土，志存烟草汗染青[2]。
抱病商州[3]人有德，沥血床前天无情。
提携后进口碑在，肃立挥泪送君行。

2005年3月5日

①长德：马长德，原陕西省烟草公司副总经理。
②青：指烟叶色。长德在陕西烟草一直从事烟叶方面的领导工作。
③其遽逝时刚从商洛出差回到家。

沈阳皇太极陵园

玉带前绕碧水平，万木丛中起巨冢。
一生戎马定宇内，万里征战涂生灵。
华表巨兽帝王仪，重楼高墙皇家风。
文治武功身后事，是非功过任人评。

2005年5月27日

谒杜甫草堂

高山仰止唯诗圣，今朝膜拜锦官城。
浣溪结庐成故事，草堂伴月留遗踪。
秉笔直书民生苦，犯颜但求朝政清。
途穷神交见挚友，人日①古风今传承。

2005年6月25日

①人日：农历正月初七，是中国古老的传统节日，又称人节、人庆节等。

乌市烟草人献血

秋高日丽映山红，金叶员工[1]践善行。
病魔肆虐患者苦，义气帮扶兄弟情。
众手浇灌爱心树，协力培育和谐风。
助人为乐彰美德，献血队伍似长龙。

2005年9月12日

①金叶员工：指乌鲁木齐市烟草职工。

石河子市

绿荫芳草织锦绣，通衢延展不见头。
荒原大漠戈壁地，铁军勇士血汗流。
千里凿渠引雪水，万顷棉田饰芳秋。
一城翠色扑面来，恍似览胜南国游。

2005年9月13日

天子山贺龙公园

淡云旭日笑东风，天子山头人潮涌。
叠嶂一碧托巨手[①]，奇峰三千[②]铁马行。
杜鹃啼血忆征战，芦花飞白诉衷情。
生前荣辱何足道，万人瞻仰念丰功。

2005年10月4日

①巨手：指天子山贺龙雕像手臂前伸状。
②三千：张家界一带号称有峰三千座。

张家界黄龙洞

湘西大山忆万年，鬼斧神工有洞天。
龙宫奇石呈万象，地府曲径折百环。
阴河[①]荡舟通深处，神针[②]定海刺穹天。
匪夷所思不得解，亦真亦幻赖自然。

2005年10月8日

①阴河：黄龙洞中暗河，初期开发可行船约两千五百米。
②神针：黄龙洞一石笋，高三丈余，细而直，被称为定海神针。

告别长安[1]遗体

天悲地怆日无光，花圈哀乐绕灵堂。
意气风发当年事，灰飞烟灭今朝殇。
高堂华发空留恨，妻女飞泪忽断肠。
人生原本无定数，与世何必论短长。

2005年10月28日

①长安：指惠长安，当时为咸阳秦都区烟草专卖局局长，突发恶疾，四十余岁离世。

赠宗祥小平[1]

初冬时节到徐州，水雾云烟贵宾楼[2]。
师生欢聚话往事，心绪穿越忆旧游。
孤灯奋笔夜夜苦，残月诵书声声留。
泛舟学海总无涯，携手登攀到暮秋。

2005年11月11日

①差旅徐州，见学生王宗祥、尹小平夫妇。
②贵宾楼：指余当时在徐州下榻处。

赵春[1]老师八十岁生日

温良敦敏老先生，泽润桑梓有令名。
志存教育无旁骛，心系桃李付真情。
言传身教堪表率，慎思笃行见古风。
如烟往事历历在，恩师耄耋仍涕零。

2005年12月23日

①赵春：乾县教育界名宿，从教五十余载，余读初中、高中时的学校领导。

访 友

日月轮回春节至，造访尚德[1]吐心曲。
做人务须忠而直，为官切勿贪与私。
交友但愿真君子，行孝岂敢稍粗疏？
世事家情言未尽，抱憾与兄晚相知。

2005年12月24日

①尚德：指西安尚德大厦，当时陕西省烟草专卖局（公司）办事处。

参加捐赠仪式

风雪恣肆又冷冬，寒窑破屋挨天明。
食肉牵心乡亲苦，衣裘挂怀父老情。
解囊少许心有愧，抱棉一床愿未清。
抚今长叹我侥幸，但求人间少不平。

2006年1月1日

偶见学生巨昆仑

把酒送友宴始开，忽见昆仑金城[1]来。
停箸沉思追远梦，执手长忆在讲台。
残灯寒夜复明灭，孔雀萧风再徘徊。[2]
城隍[3]旧貌已全非，师生真情永挂怀。

2006年2月20日

①金城：甘肃兰州古名。
②此句系师生回忆余当年在乾县二中深冬时节，为六个班学生室外讲授《孔雀东南飞》诗的景况。
③ 城隍：指原乾县城隍庙，今为乾县第二中学。

自嘲

舛骞自强数十秋，九曲百折已白头。
啼饥号寒儿时苦，风摧云迫“文革”愁。
释疑解惑曾得意，从政经商不自由。
名缰利锁今朝解，青山碧水任我游。

2006年3月19日

胡处长谈话后①

人生进取步履艰，一朝免责且清闲。
赖有烟草解穷困，方得平台舞翩跹。
在职警惕常梦醒，卸任逍遥展笑颜。
感君适时脱羁绊，心驰神往到远山。

2006年4月6日

①胡处长：指当时省烟草专卖局人事处胡金宝先生。2006年4月6日，省局派其来咸宣布余退二线事。

告别办公室[1]

环顾斗室生惆怅，瞻前思后意茫茫。
起步屡挫叹出路，转行再起有风光。
驾轻就熟一支笔，练达自如口成章。
长袖善舞终有时，一曲弹罢笑还乡。

2006年4月6日

①余被宣布离岗傍晚，在办公室做最后一次逗留，踟蹰良久，追思已往，写诗抒怀。

复友人[1]

有闲春晚卧书斋，电传佳句次第来。
江南周游多感慨，笔底流露有诗才。
吴淞烽烟眼前过，硕放创痛胸中埋。[2]
归期聚首应有时，清风薄酒再开怀。

2006年4月8日

①友人：指朋友陈德荣，当时其自上海、南京发回数首诗，有感而和。
②吴淞、硕放为江南地名，抗日及解放战争期间有大战，且惨烈。

师生欢聚[1]

初夏时节云锁空，夜雨霏霏女皇宫。
举杯无言攻读苦，欢歌难尽教学情。
时光匆匆人生短，大野茫茫再起程。
莫道前路多曲折，直须奋起捣黄龙。

2006年5月

① 2006年4月，余退二线。5月初，乾县第一中学二十名学生相约欢颜，作诗以记。

员工[1]婚典

流火骄阳六月天，芙蓉[2]金斤激情燃。
金童玉女成大礼，黄发垂髫尽开颜。
叮咛万千父母爱，嘱咐再三亲友缘。
而今伉俪同携手，风雨相依永无前。

2006年6月13日

①员工：指咸阳烟草公司职员。
②芙蓉：指咸阳金芙蓉大酒店。

崂山太清宫

深秋时节到崂山，气爽云舒得悠闲。

松石参差千峰染，海天映衬万顷蓝。

曲径通幽风动竹，茶花点翠香醉仙。

太清宫里无愧怍，趋真向善自坦然。

2006年10月30日

再见袁富民老师①

花甲有五君真健，举手投足信当年。

时光荏苒尽坎坷，襟怀坦荡对夷险。

鞭辟入里文坛事，横生妙趣一家言。

真知灼见惊四座，把酒群儒俱汗颜。

2006年11月2日

①与袁老师、焕亭、信义、生宝诸友小聚，见袁老师精神矍铄、老而弥坚，遂记之。

见白颖[①]

年近古稀功力在，艺坛连理[②]并蒂开。
笔下花鸟见生机，画中人物多风采。
名震秦都却低调，誉满渭水不恃才。
求见信手任涂抹，珍藏赠友尽情怀。

2006年11月11日

①白颖：李白颖，陕西著名画家。
②艺坛连理：其夫人剪纸，亦有所成。

诫 女[①]

人生落地定乾坤，贵贱顺逆有法门。
腿痹[②]数月不足岁，书攻九载[③]堪痛闻。
云遮雾障难如愿，柳暗花明始见春。
知足常乐应自省，莫信拼争宁信神。

2006年11月19日

①女：指长女会妮，余念其进取心切，恐伤身害体，寄诗劝诫。
②痹：会妮半岁时患小儿麻痹，经年痊愈，实为奇迹。
③九载：指小学、初中九年，后升学初中专。

刘老八十诞辰[1]

人声鼎沸贺寿诞，笙歌悦耳焰火燃。
立业晚辈偿夙愿，华发耄耋享天年。
堪赞儿女思大恩，可笑闾巷不肖男。
为人切莫忘根本，从来百善孝为先。

2006年11月26日

① 刘老，余友之父。其八十华诞，陈爱美主持，秦腔名家刘茹慧、李娟、刘随社等登台助兴。儿孙满堂，宾客济济。

赠卫华[1]

漆水古塬同根生，风雨商场接踵行。
钢材起步[2]曾蹒跚，地产腾飞初有成。
市场诡谲多变幻，兄弟谈笑宜同行。
莫道前路多关隘，永不阋墙共征程。

2006年12月29日

①卫华：华宇实业公司董事长高卫华。与余为初中同学。
②钢材起步：卫华及其弟下海之初，曾在西安等地经营钢材，后各自设立房地产公司打拼。

赵春老师华诞见老同学

恩师华诞人熙攘，三十年后会同窗。
意气风发成往事，岁月倏忽两鬓霜。
人生有涯多辛苦，世事无情少乐康。
泪眼望君似曾识，韶华若水梦一场。

2007年1月11日

小妮[1]博考结业

海外忽闻学业毕，醒梦坐床忙披衣。
客居他乡逾五载，荡舟学海近而立。
勤奋坚忍吾家训，攻读探究汝接力。
莫道星汉[2]难穷尽，东方已白露曦微。

2007年2月12日

①小妮：余之次女，三个孩子中最小者。
②星汉：小妮博士专业为太空信号处理。

致兴浪[1]弟

扬帆顺水再启程，涛立浪滚亦从容。
风雨彬州霜月冷[2]，际遇长安云霞红。

放眼前路铺锦绣，侧耳众口诉不平。

树高千丈赖泥土，一肩道义满腔情。

2007年2月25日

①兴浪：曹兴浪，陕西烟草多年友人，后任陕西中烟公司副总。出于对其期待钟爱，其高就不久后写诗道贺。

②兴浪曾任彬县卷烟厂副厂长，后调任省烟草专卖局。

痛悼凤春[1]弟

惊闻噩耗顿失语，心如刀绞泪如注。

大肚笑口音容在，古道热肠妇孺知。

家慈赴港君相送[2]，泾阳援手[3]我与驰。

遽然驾鹤升天去，再回故乡去何处？

2007年3月8日

①凤春弟：倪凤春，余多年挚友。2007年3月8日下午4时，与妻在永寿境内遇车祸罹难。

②相送：余母1985年赴香港晤舅父，凤春驾车送往西安车站。

③援手：会妮1989年考初中专，泾阳录取遇阻，凤春连夜驾车与我及女儿奔招生地。

恭王府讽和珅

恭王府邸风刺骨，险恶官宦自沉浮。
卧薪励志得起步，卑躬邀宠逞奸谋。
猖狂忘形呼风雨，金玉充栋笑王石[①]。
白练悬梁赴黄泉，阎君殿前悔当初。

2007年3月23日

①王石：西晋官宦巨富王恺、石崇，因斗富遗臭。

贺卫华生日[①]

人生原本梦一场，华诞时刻见辉煌。
昔朝黄土食果腹，今滨渭水酒盈觞。
弟报大恩表心意，子排盛宴诉情长。
举家和顺堪欣慰，中流行舟帆飞扬。

2007年4月13日

①生日：卫华五十四岁生日，其弟高华欲设宴，侄坚辞。

赠高华[1]弟

诗书少读莫抱憾，刘邦曾歌大风还。
月下韩信去复返，闾中萧何忠亦专。
留侯帷幄运奇谋，霸王乌江悲问天。
立业何须破万卷，人尽其才可移山。

2007年4月25日

①高华：余忘年交，地产开发商。其高中肄业即入商场，成就斐然。

柞水溶洞

峻岭崇山次第排，峰回水曲一洞开。
雄鹰[1]展翅迎游客，大佛[2]提袖隔内外。
莲叶[3]舒展凭塘立，飞石[4]峥嵘凌空来。
景象纷呈不胜收，千姿百态任人猜。

2007年4月30日

①雄鹰：溶洞入口有一石，酷似苍鹰。
②大佛：出洞即见石雕如来，一隔内外。
③莲叶：洞中有景如荷花满塘。
④飞石：洞景飞来石。

读袁富民老师《大唐芙蓉园丛诗》

一部唐史多斑斓，云谲波诡浩如烟。
猛将舍身打天下，志士感时留鸿篇。
兄弟血溅玄武门，玉环香消马嵬塬。
钩心斗角皇门事，秉笔臧否谈笑间。

2007年5月4日

延安见友[1]

初夏时节满眼绿，小停圣地见爱徒。
频频举杯表心意，点点忆昔说凹凸。
激情放歌真情性，虚心耳语问通途。
依依惜别奔灵武，愿铁成钢再祈福。

2007年5月

①友：余下属、好友丁力。时赴宁夏灵武，途经延安，丁力专车接候，备筵接风。

挚友办公室

秋高云淡气清爽，宝鸡访友诣渭阳。
午后日丽雅室暖，窗前几净绿茶香。
盆栽碧树生意象，案陈奇石见沧桑。
面壁斟酌乐天[1]句，沉吟流连忘还乡。

2007年9月25日

①乐天：唐代大诗人白居易，字乐天。

宏方公司迁新址

九九[1]秋阳铺金黄，礼炮声中续华章。
小试起步时光短，稳健开局日月长。
初战告捷且奠基，运筹腾飞望辉煌。
风险坎坷何所惧，众人划船过大江。

2007年10月19日

①九九：农历九月初九，传统节日重阳节。

驻足纽约

巡天万里昼夜改，雪残风冽远客来。
广厦恢宏曼哈顿，小屋寒酸唐人街。
颐指气使富豪势，力尽汗干移民血。
何须自讨万般苦，创业淘金志未灭。

2007年12月22日

纽约大都会艺术博物馆

恢宏精妙天工开，跨越时空巧铺排。
史前珍品八方进，世存尤物五洲来。
古国雕塑传神韵，名人画作放异彩。
观者驻足流连久，探微深思难忘怀。

2007年12月23日

参观佛罗里达大学[1]

神驹生翼飞佛州，顾盼仙境自停留。
驻足海滨成学府，延揽英才遍五洲。
志在太空研天箭，心系广宇探星斗[2]。
工程楼下久盘桓，夜色已浓再回头。

2007 年 12 月 24 日

①佛罗里达大学：女儿小妮读研究生时的母校。该校校徽上有凌空飞马图。
②星斗：佛罗里达大学以航天专业闻名于世。

奥兰多华人福音教堂[1]

碧玉装点十字门，圣诞时节到福音。
教堂肃穆天主在，信徒景仰颂歌吟。
讲坛演出浪子义[2]，餐桌忏悔罪人心。
传经布道疑云散，志诚意坚四海春。

2007 年 12 月 25 日

①福音教堂：美国佛罗里达州华人教堂。
②浪子义：圣诞当日，信徒自编自演节目，歌颂人间美德，鞭挞离经叛道，臧否浪子回头。

佛罗里达郊外晨景

风摆椰摇轻抚窗，信步出屋独徜徉。
斜花含露缘客早，浓茵吐翠借晨光。
小鸟拍翅鸣湖畔，硕鼠舞爪戏石旁。
国人都说苏杭美，焉知佛州是天堂。

2007 年 12 月 29 日

白 宫

暮霭涂辉穹顶银，枝横草叠气萧森。
伫立洞见白宫近，遐思漫卷五洲云。
出手带血弱国耻，掷地有声强权尊。
此处指鹿何为马？自醒自强铸我魂。

2008 年 1 月 4 日

自由女神像

海岸曲折南码头，振臂女神奋自由。
人潮成列不见尾，巨轮往复无止休。
眼前湾横难近睹，梦中水隔曾企求。
忽见乞者寒石卧，“天堂”亦有穷人愁。

2008 年 1 月 7 日

高华弟卅八岁生日

少小家贫长立志，黄土农耕强筋骨。
顺应改革抢机遇，步入长安[①]奋铁翅。
华宇[②]历练经风雨，宏方[③]憧憬中天日。
创业无涯路漫漫，笑傲商场正当时。

2008年8月22日

①长安：高华起步于西安钢材市场。
②华宇：高华与兄卫华共同发起成立了华宇公司。
③宏方：以高华为主，组建的地产公司名。

赴千岛湖途中[①]

晨风轻拂薄雾开，紫薇摇曳迎客来。
漫话杭州天堂美，笑谈钱塘潮汐排。
丽君[②]情歌牵思绪，婿女细语话亭台。
山清水秀无暇顾，千岛湖畔长徘徊。

2008年夏末

①当时，余与从法国归来探亲的女儿、女婿在共游杭州千岛湖的途中。
②丽君：台湾著名歌手邓丽君。其时，车载音响一路播放她演唱的歌曲。

艇游千岛湖

一艇客满画中行，湖光潋滟托屏风。
翡叠玉砌层层翠，风动波起点点星。
骄阳挥洒涂重彩，长者凝思水底城[1]。
五十年前我家园，牵魂挂忆清梦中。

2008年夏末

①水底城：千岛湖系修筑葛洲坝水电站拦长江而成，当年湖水淹没了千年古城淳安。

登顶千岛湖梅峰

湖心着意傲巍峰，畅怀绝顶八面风。
远眺碧波无涯际，环顾千岛一盆中。
大小错落成拱卫，远近排布扎绿蓬。
脚下金龟松迎客，更有小艇划浪行。

2008年夏末

厦门胡里山炮台

依山面海蔽浓荫，断壁残垣留弹痕。
兵营破旧见严整，古炮锈斑有功勋。
英夷黩武罪孽重，将士捐躯浩气存。
抚今追昔仰天啸，“神七”[1]升空慰英魂。

2008年9月29日

①“神七”：指我国神舟七号载人航天飞船。

鼓浪屿

中秋信步鼓浪行，奇花异卉间古榕。
事馆比邻诉国耻，别墅破败叹衰荣。
妙手慈心林巧稚[1]，赴汤蹈火郑成功[2]。
盘桓不知日将暮，自强不息警钟鸣。

2008年10月1日

①林巧稚：我国著名妇科专家。鼓浪屿有其家族故居。
②郑成功：华夏民族英雄，曾收复台湾。鼓浪屿有其雕像。

武夷山天游峰

激扬攀顶意气豪，三十六峰尽折腰。
石阶八百垂悬梯，清溪九曲绕玉绦。
峰幻苍鹰展飞翼，松斜峭壁傲云霄。
武夷奇观收眼底，览山绝胜唱风骚。

2008 年 10 月 2 日

别武夷山

武夷惜别情依依，回首美景不忍离。
窗含碧草接天翠，洞藏一线漏熹微。
驻足茶园游者众，饮酒木屋香气溢，
他年有幸再观光，青山未老人先醉。

2008 年 10 月 3 日

太白深秋

红黄青绿群山秀，涧水弯弯引我游。
碧空如洗云色淡，苍松似铁衰草幽。
溪卧巨石苔茸厚，枝枯公英花蕊羞。
再看嫩柏叶滴翠，万物傲霜竞风流。

2008 年 10 月 26 日

山脚小园

骊山脚下疗养院，憩心养生有洞天。
丛竹色淡掩石奇，拱桥通幽见鱼欢。
悬流轻打水车慢，秋风横扫黄叶寒。
草坪双鹿微翘首，疑问濒湖[1]尺寸关[2]。

2008年11月1日

注释

①濒湖：明代著名医药学家李时珍，晚年自号濒湖山人。园内有其把脉问诊雕像。
②尺寸关：中医诊脉时三根手指按压手腕部，按压点名。

考妣墓地植柏

淫雨初停风带寒，立冬过后奔墓园。
霭云弥漫思绪远，泥泞坎坷步履艰。
石碑两侧龙柏起，土冢周遭冬青环。
轻扶枝干慢倾壶，养育恩深再涌泉。

2008年11月16日

生日感怀

风雨奋搏花甲近，经磨历劫过来人。
回眸往昔千般苦，堪慰解甲一路春。
无意商海欲隐退，有缘书山难离分。
数次起笔又复止[①]，力不从心自伤神。

2008 年 11 月 26 日

①余曾设想将六十多年所历世情琐事集结成文，但因精力不济，数次搁笔，半途而废。

周公庙寻梦

深冬夜长多迷梦，结伴西行见周公。
古庙深隐环山抱，石像肃立听凤鸣。
汉槐同植色迥异，古桑横卧枝又生。
仰视八卦神悠远，心有灵犀自清明。

2008 年 11 月 29 日

登楼观台

山门巍巍势恢宏，斜阳复照竹林青。
极目峰头曾炼丹①，拾阶法台听讲经。
奇书②纬地三千载，信徒膜拜万里行。
终南缘何阴岭秀，楼观有灵胜景成。

2008年12月13日

①炼丹：楼观台南有炼丹峰，相传为老子当年炼制丹药处。
②奇书：指老子《道德经》。

寄友人①

浅酌微醺念乾州，并肩泥泞又深秋。
龙柏绕冢敬抚叶，墓前叩首泪双流。
同甘共苦无遗憾，情深意厚志趣投。
引颈空望君何在，思弟心切怨梦愁。

2009年2月22日

①友人：指好友李振海。依当地风俗，常与余同去父母坟前祭奠。

凌寒和学生富国

电波传书鸟雀闹，风卷衰草亦风骚。
寒心官僚何足道，惶恐桎梏决意抛。
浮华烟云犹过眼，宏图愿景再蹊桥。
莫信前路皆净土，屈伸捭阖方逍遥。

2009 年 3 月 22 日

附窦富国原诗：

三月十二日大风寄王老师

四环道外北风号，衰草枯枝飞如毛。
领略官僚习气恶，寻思自主选择高。
望眼皇城虽恐惑，立足净土却逍遥。
为酬师长知遇意，敢向逆流逐浪潮。

昭　陵①

清明时节登昭陵，山坳沟壑满眼松。
帝寝依山气势壮，英皇望朔神采丰。

司马大道笲华表，九嵕峻岭铺葱茏。

临碑历数贞观事，梦回盛唐涌豪情。

2009年4月3日

①昭陵：唐太宗李世民陵墓，位于礼泉北九嵕山。

武当天柱峰

一柱擎天武当峰，呼朋引伴向金顶。

小径崎岖林荫蔽，大殿雄伟香火升。

山高路险萌退意，石奇花艳再攀登。

岛冈栋[①]下蓝天近，人在云中袖舞风。

2009年4月25日

①岛冈栋：天柱山顶一古树名，相传栽植已六百余载。

武当山太子坡[1]

十里桂花绿透黄，青翠欲滴未闻香。
朱门四重见雄伟，石墙九曲转回廊。
真武修道遗迹在，铁杵磨针[2]掌故扬。
慈母将雏合掌跪，祈祷题名上金榜。

2009年4月26日

①太子坡：传真武大帝武当山学经修道处。
②铁杵磨针：真武曾弃学下山，一神仙扮老妇石上磨铁杵，真武心有所动，复返，苦学得道。

武当逍遥谷

山色波影逍遥谷，清溪如兰见游鱼。
绿茵铺锦花烂漫，白鹅嬉水人如织。
台上刀剑分门派，谷中猕猴享天趣。
湖畔轻风动垂柳，小桥石径通幽处。

2009年4月26日

灵武黄河段

黄河之水天上来，滚滚东去万山开。
旭日冉冉波如火，夜星沉沉堤似铁。
横桥飞架鹰展翼，岸柳成行浪拍岩。
堪羡孤舟蓑笠翁，垂钓自得残阳血。

2009年4月19日

母亲节哀病妻

患难与共四十载，病榻无计独徘徊。
秉烛笑贴土墙画，屈身锄落黍种埋。
夜以继日庄西①地，人不下机缝衣台②。
而今君体难得健，愁愧交加望云开。

2009年5月10日

注释

①庄西：余当年务农，田地均在村庄以西。
②缝衣台：为补家用，妻子曾替人加工衣服，常日夜不停。

秦岭畅远台

飞瀑欲留意未改，慕名直向畅远台。
驻望林丛石猴笑，忽过墨云山雨来。
背立峭壁千尺铁，侧卧叠石百丈台。
无叶老松苍愈劲，花甲何须自伤哀？

2009年8月15日

师生登莲花山[1]

人流不息莲花山，红蓝橙紫映眼帘。
道旁冬青笑迎客，街畔荔叶适比肩。
椰枝轻摇芭蕉扇，古榕长垂绦丝绵。
如画美景无暇顾，师生谈笑想当年。

2009年12月13日

①莲花山：深圳市莲花山公园。当年余赴台湾，过深圳小住，学生郑水库招待，同上莲花山游览。

维多利亚港湾

紫薇[1]楼船港湾行，波光粼粼幻影灯。
环视群山披五彩，注目楼窗透温情。

紫荆镏金忆盛典，海鸥[2]展翅歌升平。

环绕一周兴未尽，辉煌九七[3]史册中。

2009年12月14日

注释

①紫薇：当夜环湾绕行艇船名。
②海鸥：香港回归大楼顶状若海鸥。
③九七：指1997年香港回归祖国。

谒中正纪念馆

铜门肃然徐徐开，蒋公中正坐玉台。
青天白日饰屋顶[1]，伦理科学[2]见情怀。
蛰伏一隅非长计，空望大陆折雄才。
但憾两岸未统一，遥念溪口[3]叹归来。

2009年12月15日

注释

①纪念堂内顶部设计为国民党党旗。
②“伦理科学”四个大字在蒋氏铜像上方。
③溪口：蒋氏故乡，在浙江奉化。

安平古堡[①]

群鸭戏水见桃源，安平古堡踞台南。
钢炮虎视同胞泪，洋楼傲瞰豺狼残[②]。
英夷施暴夜惊魂，协署[③]遭毁山喊冤。
伫立再思雪国耻，富国强兵梦方圆。

2009年12月16日

①安平古堡：台湾最古老的城堡。
②英人借口当地山民造反夜间出兵，残暴镇压。
③协署：国民政府当年在此地的管理机关名。

日月潭

朝雾码头[①]人涌动，风光引我入画中。
薄纱朦胧山色淡，碧潭泛波涟漪清。
艇起树丛观景亭，峰回林间蒋行宫[②]。
寺庙楼塔历历过，悦目赏心笑晨风。

2009年12月18日

①朝雾码头：日月潭码头名。
②蒋行宫：山腰有蒋介石、宋美龄度假休闲行宫一处。

乐山大佛

夜雨初歇上乐山，轻风薄雾雄关前。
三江交汇无涯际，千树参差有心缘。
海通合掌思黎庶，大佛面水佑渔船。
驻足古洞凭吊久，剜目①壮举天地间。

2010 年 5 月 3 日

①剜目：指乐山高僧海通为救百姓，自剜双目的传说。

乐山文化

蜀地翰墨何须求，乐山文化光千秋。
沫若劲书题大佛，苏轼穷经古院楼。
曲径石阶掌故多，崖壁回廊诗句留。
千年遗迹尽风雅，不逊大江万古流。

2010 年 5 月 3 日

凤县①夜景

秦岭深处凤州城，匠心妆景夺天工。
火树玉立飞银花，弦月②高挂簇繁星③。

壮观喷泉龙吐水，精妙花池莲举灯。
缤纷七彩不胜收，水韵江南非虚名。

2010年6月5日

①凤县：秦岭西部古县城，羌人聚居地。
②弦月：系人造月亮。
③繁星：县城环山树梢皆装挂小灯，至夜酷似繁星。

夜观凤凰湖

华灯映波扮仙境，光束横斜飞剑虹。
绿绦漫舞思丽人，水塔斑斓刺云空。
拱洞列柱石桥横，流光溢彩小舟行。
曲终已久人不散，幻影声色留梦中。

2010年6月5日

月亮湾公园

淡云轻风月亮湾，一碧无垠山接天。
石径环绕通幽处，新竹笔挺生万竿。

嫦娥[1]广袖奔高月，艺人笙歌弄管弦。
俯瞰凤县尽一览，智远[2]石下久盘桓。

2010年6月6日

注释

①嫦娥：公园广场有嫦娥奔月群雕。
②智远：李智远，原凤县县长，发展县域旅游殊有贡献，本人为月亮湾公园作文，勒石为观。

伏天登古梁山

苍松翠柏掩青石，乘兴乾陵登顶时。
回望阙楼辉煌在，俯瞰石道游人织。
极目绿塬连天际，尽享凉风透心舒。
轻展猿臂铁架上，帝陵风光画千幅。

2010年8月3日

沙 湖

塞上江南嵌明珠，黄河缓流成沙湖。
一碧万顷云水画，千姿百重芦苇图。
停舟静观风摆叶，移行轻抚水摇竹。
偶有鱼儿知人意，飞身打挺共舒适。

2010年8月14日

镇北堡影视城

镇北古堡卧残阳，仿古城墙亦沧桑。
炮车箭楼兵家地，茅棚破屋饥民殇。
百工遗址吟繁盛，风物旧俗见堂皇。
慧眼独具一书生[1]，点石成金影视场。

2010年8月15日

①书生：指始建者著名作家张贤亮。

塔尔寺藏经殿

壮美恢宏藏经殿，轩廊金碧透庄严。
堆秀挂图灵气动，蒲团刺花古色妍。
馨香氤氲烛光闪，僧众肃穆梵音传。
信徒坚诚我动容，俯身三拜了心缘。

2010年8月16日

塔尔寺传奇

塔尔古寺六百年，圣僧[1]奇事众口传。
呱呱坠地长菩提[2]，孜孜求经越重山。

遥寄白发思子泪[3]，挥洒血书[4]学佛坚。
诚召乡胞共筑塔，金瓦殿下可溯源[5]。

2010 年 8 月 16 日

①圣僧：指六百年前出生的圣僧法哈巴。
②传法哈巴出生于塔尔寺原址时，地上随即长出一棵菩提树。
③法哈巴曾远出求经六年未归，其母写信夹带自己的头发寄给法哈巴。
④血书：法哈巴以指血为墨为母回信。
⑤当今金瓦殿下仍有菩提树和白塔。

青海湖

轻风送爽浪拍沙，碧水无际连天涯。
媲美白云愧明镜，翔集海鸥逐浪花。
牛羊草丛散闲珠，山树湖畔笼薄纱。
敖包彩条缤纷舞，红墙青瓦有人家。

2010 年 8 月 16 日

原子能基地

海北腹地金银滩，群英攻关三十年。
蜗居茅屋穷心志，献身“两弹”[1]解国难。

笔算手绘攀绝顶，殚精竭虑过险关。

惊世一爆罗布泊[2]，五洲华人尽开颜。

2010年8月16日

①两弹：指我国的原子弹、氢弹。

②罗布泊：新疆戈壁深处荒漠名。

六十一岁偶拾

光阴飞逝隙间驹，转眼不觉花甲余。

回首苦乐百味俱，前瞻云烟一笑无。

淡泊世事轻名利，钟情山水恋琴书。

处人待物再忍让，知足吃亏方为福。

2010年9月26日

晋祠

朝代更替三千年，晋唐渊源悬瓮山[1]。

武王信口封诸侯，叔虞惠民建祠园。

盛唐大业基晋阳，李渊父子起太原。

祠殿风物今犹在，英雄过眼成云烟。

2010年10月1日

①悬瓮山：晋祠后有山，半山凸巨石，其形如瓮，而为此名。

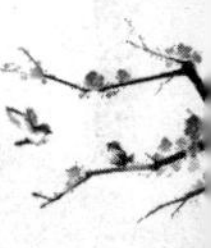

五台途中

天高风寒向五台，丽日透云洒五彩。
青山历历身旁过，飞鸟啾啾客远来。
停车疑问前行路，斯人笑指石楼牌。
古道热肠民风厚，未见仙山人开怀。

2010 年 10 月 3 日

五台木螺顶

五山合围百变多，谷底细雨山顶雪。
石阶千八欲却步，豪情万丈从头越。
临风俯瞰心胸广，登台四顾天地阔。
更有奇观眼前亮，云漏光铺半面坡。

2010 年 10 月 3 日

雷履泰[1]故居

汇通三江日升昌[2]，赖有履泰伟业长。
弱冠有志攻经史，临危受命成栋梁。
权衡纵横斗金利，创新汇兑多支行。
急公好义真君子，坦荡无私一儒商。

2010 年 10 月 4 日

①雷履泰：清代著名晋商，“日升昌”创业时的总经理。
②日升昌：明清时，山西乃至全国最大的票号。

观晋商会馆未及

引领商场数百年，太原一隅见会馆。
牌楼豪华富敌国，古木参差义薄天。
“蹈和”为训志抱团，“履中”践行戒极端。
守正理财达三江，奉儒为魂堪圣贤。

2010年10月4日

关帝庙

少读三国胆气豪，常念青龙偃月刀。
辗转解州①谒关庙，盘桓古园起心潮。
“武圣”精忠昭日月，大义云天立信条。
身化灵石②成砥柱，守护康宁万世表。

2010年10月5日

①解州：关羽故乡，有关帝庙。
②灵石：庙中有石，状若立人，传说为关公死后所化。

绵山天桥

逶迤磅礴峭绝壁，一鼓作气攀石梯。
天桥曲折崖边挂，走廊回环画中奇。

漫观雕刻风情异，细察彩绘神来笔。
脚下寺庙层层起，无暇远山林草密。

2010年10月5日

重阳节

又是一岁到重阳，只身赴宴感时伤。
白发满屋光阴迫，杜康溢杯余生凉。
回眸六旬从无弃，前瞻廿年当自强。
常思夕阳无限好，日暮庭前赏春光。

2010年10月16日

咸阳钟楼

古城老街起新楼，山河胜景一览收。
檐牙三重画托顶，拱门四开风伴秋。
钟声悠远云飞绕，彩绘辉映花常羞。
更立巨石勒铭文，雅士芳德共渭流[1]。

2010年10月21日

①楼系社会贤达三十四人投资六千余万元修成。

杜老[1]八十华诞

人生难得有泰和[2]，寿辰盛宴喜气多。
金曲接续颂仁德，鲜花团簇喻岁月。
乡里深情忆福祉，亲朋感恩叹圆缺。
若非积善广助人，何有今朝满堂乐？

2010年11月13日

①杜老：杜文秀，乾县临平人，曾在咸阳市地区农委广播电视局工作。
②泰和：咸阳泰和酒店。

城市村改迁坟

日洒冬阳夜悬月，舞台盛装戏连歌。
秦腔激扬慰祖魂，竹丝协奏告逝者。
礼炮催散乱坟雾，花圈林立陵园雪。
善终乔迁孝心远，长忆深恩梦寥廓。

2010年11月19日

感恩节

随览日历感恩节，思绪顿似西风烈。
生活旅途多关隘，前路奔波未停歇。
逢危善心施援手，化险妙招见智才。
抚今常忆良师友[1]，日久年深情弥铁。

2010年11月25日

①师友：指陕西省烟草专卖局（公司）李嵩震。

深山老媪

秦岭深处屋向阳，裹足[1]老媪檐下忙。
轻手回环操线拐，细语委婉叙家常。
额纹深皱顶白发，面色黝红透慈祥。
山水相伴九十载，动静乐寿遐龄长。

2010年12月18日

①裹足：指旧时女子裹脚，把女孩子的脚用长布紧紧地缠住，使脚骨变得畸形。

芳侠祭父影像[1]

乐曲如诉一轴展，平凡父爱恩如山。
艰困岁月显豁达，训育儿女有识见。
棋名十里多才艺，屋起百村留爱怜。[2]
修文剪影寄哀思，孝心长存天地间。

2011年1月21日

①刘芳侠系余在乾县一中任教时的学生。其父逝，她精制光盘求我过目。
②芳侠父喜下棋，精造屋，常以减免贫苦家庭工钱为乐。

海边行

横过马路即海岸，碧波万里水接天。
小岛迤逦遮望眼，渔船漂泊不见帆。
远处塔灯亮标志，足下白浪涌沙滩。
身后椰树间绿草，画卷天成在自然。

2011年3月14日

三亚大东海

人间天堂大东海，青山如屏花盛开。
吊伞升空我飘舞，飞艇往返客去来。
浪平潜水折珊瑚，涛涌拍岸打脚踝。
南国春暖雁先知，欢腾雀跃尽抒怀。

2011 年 3 月 16 日

艇游海湾

一箭离弦疾若飞，凌波冲浪鱼得水。
凉风扑面寒意来，激情起兴飞舟急。
祈祷台[①]下留夙愿，黑风洞[②]前惊绝壁。
阿哥轻晃几复倾，惊笑之间折返回。

2011 年 3 月 16 日

①②祈祷台、黑风洞：皆为艇上所见之海中山景名。

南山行

奇秀旖旎荟海南，崖州[①]福地有洞天。
花衬椰树色浓淡，石卧海边姿万千。

仙翁[2]面山捧寿桃，李聃[3]向海讲经篇。

慈禧朴初共墨宝[4]，托福康寿比南山。

2011 年 3 月 17 日

①崖州：史上海南州治地名。

②③仙翁、李聃：分别指海边石山巨雕南极仙翁像和老子像。

④墨宝：清慈禧太后和当代书法家赵朴初所留墨迹石刻。

三亚古龙湾

道旁榕树花装点，海天福地古龙湾。

青山拥翠披锦绣，小楼借荫藏檐牙。

水塘镶嵌明镜开，拱桥横卧浓荫掩。

琳琅满目无暇顾，更有美景再往前。

2011 年 3 月 19 日

三亚蝴蝶谷

千娇百媚蝴蝶谷，姹紫嫣红妙笔涂。

芭蕉撑扇掩梅红，鸡蛋铁树[1]横斜枝。

石门洞开曲径远，场院环顾风情殊。

彩蝶展翅舞斑斓，乐在其中忘归时。

2011 年 3 月 19 日

①鸡蛋铁树：海南岛特有树种，起名鸡蛋，因生长极慢，又叫鸡蛋铁树。

万泉河漫步

万泉河水清又平，晚霞披彩垂钓翁。

草坪青青铺新毯，丛竹苍苍见旧容。

绚烂喷泉烟花起，匠心音箱天籁声。

轻柔河风抚身心，恍似慈母襁褓中。

2011 年 3 月 20 日

红色娘子军纪念园

飒爽英姿娘子军，卓绝奋斗英名存。

感天动地当年事，殉国献身雕像陈。

长矛锈枪忆岁月，军号斗笠颂英魂。

万众践行先烈志，天新地变琼海春。

2011 年 3 月 21 日

离情

风斜雨细湿单衣，流连站台不忍离。
远山蒙蒙云散淡，丛林青青叶染曦。
稻田片片绿如洗，群鸭点点画中白。
如飞高铁身边停，登车在即步不移。

2011年3月22日

九龙潭

春漫少华[1]生九潭，龙舟横展自壮观。
环湖巨壁立千仞，面谷奇石卧万年。
重峰苍翠层林染，碧水清幽次第连。
喷珠溅玉将军瀑[2]，留步静听溪流喧。

2011年4月29日

①少华：指秦岭东部少华山。
②将军瀑：少华山景区一瀑布名。

峡谷[①]漂流

未老再发少年狂，中流击水着红装。
石槽直下三尺浪，险滩不前两支桨。
仰卧穿越黑龙洞[②]，惊险体验生死场。
身披湿衣急步返，气爽不觉透心凉。

2011年5月13日

①峡谷：指河南省三门峡市豫西大峡谷。
②黑龙洞：峡谷中漂流景区洞名，又称勇士洞。

龙门石窟[①]

千年帝都伊河畔，佛雕十万遍西山。
神龛密布凿百载，工程浩繁匠八千。
风采各异瑶池像，仪态万方诸路仙。
遂良[②]手书志功德，伟哉艺术大观园。

2011年5月13日

①龙门石窟：中国石刻艺术宝库之一，世界文化遗产，位于洛阳市南郊伊河两岸的龙门山与香山上。
②遂良：唐代书法家褚遂良，其曾为龙门石窟石碑撰书。

白居易墓

长恨悲歌[1]叹才情，白园深处见墓冢。
竹林幽幽出灵感，溪流淙淙涌诗情。
廊亭勒石铭诗句，林中横匾叙生平。
草坪置景匠心具[2]，随口轻吟《琵琶行》。

2011 年 5 月 13 日

①长恨悲歌：白居易代表诗作《长恨歌》。
②指白氏冢前草坪呈琵琶状，表其诗《琵琶行》之意。

少林寺

少林声名日中天，有幸临境睹真颜。
大殿恢宏佛儒道，古木参差松柏楠。
僧众神功观者羡，塔林规整大师安。
缆车直通嵩山顶，中岳[1]古刹天结缘。

2011 年 5 月 14 日

①中岳：即河南省西部嵩山，中国五岳之一。

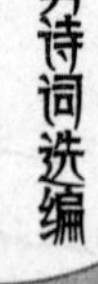

云台红石峡

紧拽铁索斜下谷，石吐白浪溪水曲。
沟洞黝黝恐撞头，栈道弯弯笑看绿。
湖衬丹崖见纹理，瀑飞碧水溅玉珠。
风光奇异难欣赏，接踵摩肩太拥堵。

2011年5月14日

云台小寨沟

一曲悠扬太极开，碧湖迎我游小寨。
两岸青山悬锦绣，一道绿水跃出来。
谷卧寿石捧仙桃，瀑击唐王点将台。
更有蝴蝶展双翼，直出花丛向天外。

2011年5月14日

哀同窗

忽闻平地起惊雷，岁值盛年却归西。
同窗攻读苦乐共，并肩“造反”风云急。
半生挣扎迫生计，六旬劳碌早鬓白。
日前抱病曾叙旧，凝视遗容唯叹息。

2011年7月14日

野 山

初冬随意岭上行，身披斜阳料峭风。
挥汗蹒跚循小径，迷路忐忑拨草丛。
登顶破庙柴门掩，驻足野花香气盈。
霞光铺染天涯绿，山色醉人一身轻。

2011 年 11 月 6 日

小恙偶拾

午间饮茶夜难寐，卧榻反侧思绪飞。
有恙三月胸胀满，问医四处心疲惫。
皓首体衰岂青壮，华发膝软少怜惜。
顺时而安应自省，静心宁神慢调理。

2011 年 11 月 7 日

从业民企有感

天命又六再辛劳，到站离岗识土豪。
口是心非真本性，圈来套去唯利高。
扑食饿虎抢机遇，难填欲壑争分毫。
窥斑知豹见劣根，争取公平前路遥。

2011 年 12 月 13 日

六十二岁生日

一梦再醒逾花甲，今夕贺岁问生涯。
暖风习习熏人醉，灯火熠熠绽心花。
蛋糕层起情深厚，银杯共举意远遐。
执手无须待来世，尽享白发好年华。

2011年12月20日

友人生日感言

生逢艰困姊妹众，慈母无暇少宽容。
岁月砥砺增韧性，风霜打磨长才情。
世路坎坷运多舛，直面担当气如虹。
莫道前路多困扰，定见在胸稳步行。

2012年2月9日

神往皇城相府[1]

晋南远山宰相府，久负盛名人尽知。
阳春有暇觅风采，煦风一路谒帝师。
大野着意隔望眼，雅兴催车怨延时。
忽见绿丛红塔顶，乘兴随口七言诗。

2012年4月29日

①皇城相府：位于山西省晋城市阳城县北留镇。又称午亭山村，是清文渊阁大学士兼吏部尚书、康熙皇帝三十五年经筵讲师陈廷敬的故居，被誉为“中国北方第一文化巨族之宅”。

皇城相府

依山就势气恢宏，鳞次栉比跨明清。
雕梁画栋堪精妙，钩心斗角见廊亭。
重德育人敬礼教，斯文传家光门庭。
古稀之年修宝典[1]，华夏解字第一功。

2012年4月29日

①陈廷敬晚年受命编纂《康熙字典》。

相府入城式

相府门前人潮涌，城墙合围古楼亭。
旗幡招展皇恩盛，斧钺林立朝堂风。
兵丁肃立举回避，宫娥舒袖舞飞红。
午亭山村[1]圣书到，史事如实演艺中。

2012年4月29日

注释

①午亭山村：康熙帝为陈宅府邸手书匾额，至今悬挂于城门正中。

师 道

上苍垂青陈廷敬，传道解惑伴龙种。
康熙登基得宠幸，宦海洁身保清明。
位高常怀忧民志，权重唯存报国情。
游罢归来自喟叹，望尊岂因帝师名？

2012年4月29日

蟒河[1]森林公园

青山逶迤含远翠，绝壁次第云中立。
百里太行崛秀峰，蟒河九曲流清溪。

瀑布汇合龙戏珠，猕猴腾跃林生机。

桃花岛上盘黑蟒，蹑足静观悄无息。

2012年4月30日

①蟒河：山西省晋城市阳城县一景区，被地质学者称为中国东部唯一的钙化型峡谷奇观。

仙湖[1]览胜

十里碧波四面风，红舫送我仙湖中。

环水青山侧畔过，横空铁桥云中行。

坝起百丈截汾河，福留后世惠众生。

有客笑问王屋山，溯古论今思愚公。

2012年4月30日

①仙湖：在山西晋中，截流汾河成湖，其不远处有王屋山。

桃花亭[1]遐思

栖霞山中桃花亭，墨客盘桓情自生。

公子佳丽龙恋凤[2]，琴瑟书画扇为盟。

国破削发烈女志[3]，保命降清才子荣。

泣血怒斥手撕扇，有节并非啃书虫。

2012年4月30日

①桃花亭：在南京栖霞山。系后人为纪念在此削发隐居的李香君而建，因戏剧《桃花扇》得名。

②指明末“京城四公子”之一的侯朝宗和“秦淮八艳”之一的李香君。

③明亡后侯朝宗降清为官，李香君削发立志，侯见李欲再续前缘，李香君怒撕扇面以示绝交。

乱弹南京

呼朋引伴到南京，同乡接风谈兴浓。

古都轶事家珍数，六朝掌故野史中。

虎踞龙盘有王气，晋宋梁陈走马灯。

蒋氏败逃早注定，失算秦淮[1]与金陵[2]。

2012年4月30日

①秦淮：相传秦始皇闻此地有王者之气，遂挖秦淮河以泄之。

②金陵：相传秦王为破坏此地风水，埋金以镇，金陵之名由是而来。

南京大屠杀

惨绝人寰寇屠城，烧杀劫奸血雨腥。
将士献身难御侮，生民无辜任戮刑。
冤魂不散斥罪恶，枯骨横堆正视听。
前事不忘后事师，国富兵强方和平。

2012年5月5日

南京栖霞寺

青山合围栖霞寺，绿树浓荫掩雄姿。
古建严整看殿堂，佛祖慈悲降福祉。
石龛雕刻诸路神，枫林轻流诵经曲。
顶骨舍利供深处，信众虔诚自匍匐。

2012年5月5日

虎山望江亭

拾阶千层始登顶，临风挥汗望江亭。
仰视苍穹云色暗，环顾群山春意浓。
江面空阔多舟楫，大桥壮美横巨龙。
半城风物收眼底，山水云天自怡情。

2012年5月6日

扬州何园

自命天下第一园，风采底蕴非虚传。
厅堂宅院皆富丽，楼台亭阁俱珍玩。
花草竹木精心植，山水镜月适意嵌。
处处留神觅瑕疵，大失所望愈欣然。

2012年5月7日

大运河

偏爱击水泛中流，扬州运河初行舟。
凿川兴利便漕运，浚水伤民为风流。
逐浪随波思功过，纵古览今论春秋。
莫道炀帝无是处，货畅南北看码头。

2012年5月7日

瘦西湖

霏霏细雨春似秋，别有风情信步游。
河弯九曲环明珠，桥拱八洞涌清流。
花木织锦薄纱笼，烟柳夹岸西湖瘦。
美景在前时飞逝，行程无奈画轴收。

2012年5月7日

金山寺[1]

江南名郡镇江城，金山寺里人接踵。
风格独具大雄殿，文墨挥洒翰林风。
寿塔[2]高耸云天近，法海正襟石洞中。
更见陆羽品茶处，灵泉闻声自喷涌。

2012年5月9日

①金山寺：位于江苏镇江市区金山上，江南佛教圣地。中国的四大名寺之一，全国重点寺院。

②寿塔：清末为慈禧太后祝寿而造。

石泉中坝[1]

春日汉江三峡游，车行中坝停码头。
青山四合云中画，绿水九曲石上流。
林草无际呈绿海，菜花簇开满金洲[2]。
隔水遥看人居处，身处仙境复何求？

2013年4月6日

①石泉中坝：位于陕西省石泉县境内的汉江南侧，秦岭有名的景区。

②金洲：今陕西省安康市。

中坝大峡谷

携友踏青到石泉，中坝峡谷有奇观。
夹岸悬崖五彩壁，洄湾小溪银石滩。
惟妙惟肖老鹰嘴，天工天成一线天。
悬崖古藤见久远，感天悟道乐心田。

2013 年 4 月 6 日

米仓山古道

巴山深处古栈道，接通西川长安桥。
峰回九曲皆险境，壁凿万孔追辛劳。
千年奇兵迤逦过，新岁游人兴致高。
亭下俯视溪流远，烽烟历历数英豪。

2013 年 5 月 20 日

牟阳古城①

夜雨逢时山明净，秦蜀交界牟阳城。
川道开阔屯兵地②，群山阻蔽扎盘营。
巨石静卧勒战事，要塞易手数争雄。
遗址盘桓忆三国，大业未竟叹卧龙。

2013 年 5 月 21 日

①牟阳古城：位于四川南江县内。
②传说此地为蜀汉时诸葛亮屯兵伐魏处。

葡萄沟

门牌石雕虎伸头，人潮喧闹葡萄沟。
一径长廊居中起，两侧小渠清泉流。
时过绿浓鲜果少，秋深花妆园林羞。
怜见群山无寸草，福祉却在此处留。

2013年9月20日

交河故城[1]遗址

两河交汇积冲渚，睿智先民造城池。
水道环绕成屏障，殿堂起建有泥土。
下挖上复层楼起，精装细饰木钉布。
千年庭院井犹在，童骨成堆谜难释。

2013年9月20日

注释

①交河故城：世界最大、最古老、保存最完好的生土建筑城市，最完整的都市遗迹。唐西域安西都护府所在地。被列入世界遗产名录。

天山天池

天公有情生丽质，深秋天池胜瑶池。
鸿惊碧水一带远，情诧密林万松绿。
起伏连绵山头雪，舒卷浓淡云中雾。
瀑布垂挂急观赏，抱憾未能拜王母。

2013年9月20日

喀纳斯湖

轻舟缓缓出港行，满座游客静无声。
一带碧玉透明净，两岸黄绿染枫松。
举头似觉云抚身，伸臂唯恐手渍清。
此景只应西天有，修缘方享今朝行。

2013年9月21日

鄯善沙漠

鄯善城边绿色尽，瀚海万里丘如林。
苍苍黄沙连远天，莽莽大漠接白云。
摩托冲助游人兴，志者奋力坡头奔。
拭汗峰顶再环顾，聊做潮头踏浪人。

2013年9月21日

五彩滩

远疆地貌称雅丹，姿情别样五彩滩。
川峰钟乳奇形布，赤黄青紫异彩妍。
清河迂回松林茂，曲径交织迷宫前。
浓妆淡抹洒霞晖，巨幅油画出天然。

2013 年 9 月 21 日

天山雪景

眺望雪山心远旷，蓝天一线泛银光。
灵动圣洁覆白玉，峻拔逶迤裹素妆。
风起团云移轻影，波涌天池映沟梁。
赭石松林共媲美，如痴如醉如梦乡。

2013 年 9 月 21 日

早春山行

渭水滔滔起波浪，云横秦岭离咸阳。
青山有情留墨客，碧水无意奔远方。
赏心野草恋流云，悦目樱花送馨香。
无尽春色眼前过，山河一派好风光。

2014 年 4 月 3 日

山地菜花

平川三月芳菲旺，油菜花开漫馨香。
金带曲绕色迥异，梯田层叠绿输黄。
伫立花丛自陶醉，静听春风再徜徉。
珍玩虽贵亦有价，难抵画景心里藏。

2014 年 4 月 3 日

青木川古镇

青木古镇处宁强，慕名临街细端详。
贤士黑道聚烟馆，刀光剑影回龙场。
船形客栈有创意，育才学堂历沧桑。
旧居百年风华在，一代枭雄魏辅唐。

2014 年 4 月 4 日

剑门关[1]

入川咽喉剑门关，雄踞险要历千年。
铁山对峙百丈壁，小径曲折三尺宽。
石桥拱立峰回处，栈道逶迤山坳间。
一夫扼守鸟不过，多少英豪折戟还。

2014 年 4 月 5 日

①剑门关：位于四川省剑阁县国家首批重点风景名胜区，国家森林公园，国家重点文物保护单位。

阆中古城[①]

山环水曲好风景，文盛物阜巴中城。
嘉陵晨曦托毓秀，剑阁晚照映钟灵。
峰障翠拥锦屏列，虎伏鸾峙龙砂[②]形。
街巷览胜人如织，指点激扬各从容。

2014 年 4 月 6 日

①阆中古城：位于四川盆地，有两千三百多年的建城历史，为古代巴蜀军事重镇。
②龙砂，为风水地理五要素的其中两个要素，阆中古城选址突出“龙”“砂”。

阆中文物

自古巴蜀文风盛，人杰地灵看阆中。
学署恢宏承教化，文庙规整兴儒风。
生员祈福魁星楼，万人景仰状元亭。
贡院布列尹陈[①]事，千人学榜留美名。

2014 年 4 月 6 日

①尹陈：阆中唐时尹枢、尹极兄弟同中状元，北宋陈尧叟、陈尧佐、陈尧咨兄弟两状元一进士并列朝堂。自隋开科取士以来，阆中先后共出四个状元，一百一十六个进士，四百三十个举人，五百个贡生。

桓侯张飞

豹头环眼侠气豪，铁背钢牙不折腰。
千鞭督邮难解恨，三声当阳喝断桥。
夜战马超逞神勇，义释严颜诩智高。
治阆七载功业在，流芳百世任浪淘。

2014年4月6日

义气张飞

义贯云天穿九重，桃园一诺共死生。
惊闻凶讯[1]击心碎，誓向吴狗发哀兵。
急催装备属下惧，酒后遇害怒目睁。
将军掌故传百代，人心不古念高风。

2014年4月6日

①凶讯：指蜀汉大将——张飞的结义兄弟关羽被东吴潘璋所杀。

祭日有感

耳顺而后愈念亲，仆仆故土叩祖坟。
斜柏荒草空垂泪，残阳凄风自断魂。
生养操劳感天情，训育茹苦动地恩。
再思李密陈情表，孝心未尽愧对人。

2014 年 9 月 25 日

讨债者言

艰窘半生较锱铢，缩食节衣小积蓄。
寄望存放增薄利，孰料逾期计却无。
追索三载辄敷衍，登门百遭尽诳语。
朗朗乾坤怒问天，公义昭昭理何处？

2016 年 3 月 25 日

与友游甘南

同车甘南叙当年，我为下属兄高官。
形单影只少相知，义投道合好结缘。
曾度低潮共艰险，今游山水同室眠。
事业有涯情无尽，兄弟并肩心自宽。

2016 年 7 月 15 日

若尔盖草地

无边碧草接云天，浓叶覆盖水潺潺。
人工栈道通深处，天成洼地嵌湖湾。
悲乎红军历千险，壮哉英雄破万难。
若非前辈勇献身，岂有今人共欢颜？

2016年7月16日

腊子口

川甘要塞腊子口，石壁耸峙夹湍流。
悬崖眈眈设暗堡，枪眼汹汹对寇仇。
红军垂梯自天降，神兵破敌威名留。
碑下肃立再瞻仰，丰功垂世永春秋。

2016年7月18日

芜湖访友三首

（一）

一别十年长相望，今日重见喜欲狂。
楼下花树叹客远，墙边溪水吟情长。
回顾烟草[①]多轶事，畅叙退休共夕阳。
苦辣酸甜言未尽，不觉月影上西窗。

（二）

曾有纠结满愁肠，爱女窝屈难舒张。
白发渐多苦无计，离岗日迫扰兄忙。
几番烟茶坦心路，一纸调令跨工商[②]。
无关孔方[③]唯友情，谁言世态皆炎凉？

（三）

离座分手细端详，色斑点点见沧桑。
惜别互送几折返，相约共欢再苏杭。
留步踟蹰拭泪眼，回头佝偻披月光。
夜风轻拂馆舍路，心潮涌动钱塘江。

2016年9月10日

①烟草：退休前我们都在陕西烟草系统工作。
②工商：指女儿由商业公司调烟草陕西工业公司。
③孔方：古钱币，今指现金。

苏州拙政园[①]

名甲天下拙政园，分合兴衰五百年。
竭智一隅成诗画，造景三十尽姣妍。
廊桥幽曲虹卧水，楼亭疏朗翠傍山。
流连古宅庭院深，家风清正保平安。

2016年9月12日

注释

①苏州拙政园：苏州古园林代表作，被联合国列入世界遗产名录。

拙政园塔影亭

檐牙高啄塔影亭，基顶窗格八角形。
探水盘绕下石磴，抚竹摆动借轻风。
绿下光色醉人眼，花间暗香扑鼻清。
亭下杌凳小休憩，静观碧水润庭容。

2016年9月12日

宏村[1]承志堂

民间故宫承志堂，木雕工艺冠苏杭。
渔樵耕读见匠心，福禄寿喜兆吉祥。
飞禽走兽穷逼真，凡夫神仙各气场。
楼厅馆舍钓鱼池，奢华雅致院府王。

2016年9月14日

①宏村：位于安徽省黄山市黟县，被誉为画中的村庄。被列入世界文化遗产名录。

宏村南湖

一碧千亩弓形湖，长堤拱桥似箭镞。
古松苍苍掩浓荫，垂柳依依羞靓女。
绿荷玉立花醉人，群鸭嬉戏日夕时。
粼粼波光浮倒影，啾啾飞鸟林下出。

2016年9月15日

宏村月塘

村有泉水四时长，开山引溪汇成塘。
晶莹明镜开半月[①]，蜿蜒清流绕户墙。
浣女浆洗共乐土，怨妇聚会诉衷肠。
花好月圆相思梦，埠头引颈望远方[②]。

2016 年 9 月 15 日

①半月：湖形状如半月，称月塘。
②宏村历代多商人，且长年不得归，而有此句。

黟县西递村[①]

皖南古村见桃源，风雅西递历千年。
群峰环抱山色黛，三水戏穿巷院前。
儒商并举家道久，忠廉倡行德训传。
牌坊堂舍古风在，遵法守正方致远。

2016 年 9 月 15 日

①西递村：皖南名古村落，入选世界文化遗产名录。

作英弟喜得贵孙

人生难得有极乐，玉树生枝结正果。
呱呱一啼续香火，戚戚半生无愧怍。
重任在身难懈怠，天伦欲享无奈何。
他年膝下承欢时，甘为娇孙揽圆月。

2016 年 12 月 12 日

天伦乐

临近年关南方行，女尽孝心儿有情。
棉衣精挑防寒冻，举家围坐沐春风。
孙女倾身听教诲，稚子扑倒再爬行。
追忆过往千般苦，抚今幸运一笑中。

2016 年腊月二十九日夜

成刚弟孙女满月

春色淡妆紫韵园[①]，成门喜庆阖家欢。
幸有儿男成梁柱，更添千金媲玉莲。
广庭金曲送祝福，花间笑语尽开颜。
何以长享天伦乐，行善积德广结缘。

2017 年 2 月 26 日

①紫韵园：咸阳北塬大型生态餐厅。

江涛[1]婚礼致喜盈

酒后方知唯友亲，貌似憨厚内玉金。
华灯宾朋成大礼，宝车淑女喜迎门。
政商结缘秦晋好，鸳鸯交颈百年亲。
弃耕就读与时进，守诚持孝益后人。

2017年3月26日

①江涛：余好友曹喜盈爱子。

云丘山[1]路

一路引我进山行，崖壁百丈小湖清。
海棠含羞半妆素，野桃竞秀一树红。
漫坡丛绿花亮眼，石下古柏枝横空。
轻移换步三顾盼，小径曲折九龙宫。

2017年4月23日

①云丘山：位于山西省临汾市乡宁县，河汾第一名胜，享有“北云丘，南武当”之盛誉。

云丘山玉皇顶

登顶玉皇意气豪，远眺一览众山小。
群峰分野各迤逦，轻风拂面自逍遥。
翅果油树[①]飘红带，帝宫重檐入九霄。
汗浸衣背何须怨，尽赏美景乐陶陶。

2017 年 4 月 23 日

①翅果油树：云丘山顶八百年古树名。

谒习仲勋雕像

一偿夙愿到富平，怀德园里谒习公。
血雨边区[①]忘安危，荆棘广东[②]尽豪情。
馆壁[③]览思生平事，像前鞠躬心志诚。
磨劫起落真铁汉，胸存信仰自从容。

2017 年 4 月 25 日

①血雨边区：20 世纪战争年代，习仲勋一直在陕甘边区战斗工作。
②荆棘广东：习仲勋曾任改革开放后第一任广东省委书记。
③馆壁：怀德园一路之隔，即是习仲勋纪念馆。

节日欢叙

一壶光阴十三年，浅酌微醺叹时艰。
公务萍水偶结伴，相知真情不尽缘。
华岁击水舟斩浪，京城受挫梦终圆。
柳暗花明再举杯，得失荣辱谈笑间。

2017年5月1日

曲江唐苑

再游曲江到唐苑，古风古韵古长安。
一步一景态各异，千树万石花欲燃。
飞瀑喷涌叠石险，锦鲤逍游溪水闲。
廊桥亭榭再品味，恍似盛唐大观园。

2017年5月4日

红河谷篝火晚会

夕阳依依别远山，光色薄锦五彩天。
河谷翡翠华灯起，篝火炽红激情燃。
金曲阵阵歌打拼，舞步翩翩忘艰难。
养精蓄势好起步，莫教蹉跎负华年。

2017年5月11日

红河谷神仙岭

奇险挺秀神仙岭，缆车助我绝顶行。
鲜见高处积雪近，分野群山绿意浓。
对话蓝天碧空静，絮语白云心意平。
更有巉岩侧畔立，碧海天柱见峥嵘。

2017年5月12日

桂林木龙湖公园

风柔云淡五月天，桂林城中龙湖园。
树影婆娑桥横波，江水涟漪门凯旋①。
丛竹石奇榕树古，小径花香宋城南②。
翰墨雅居留明月，文风炽盛四状元。

2017年5月28日

①凯旋：园中有古迹凯旋门。
②宋城南：园中遗址宋代城墙及南门洞。

象鼻山

桂林徽记见象山，两江交汇波浪宽。
水拥青峰簪带玉，天降神兽象饮泉。
鬼斧一斫洞圆透，匠心独起塔普贤[1]。
多情常叹空对月，此处有期共婵娟。

2017年5月28日

①塔普贤：普贤塔，建于明代初期，立于象鼻山顶。塔身石刻“南无普贤菩萨”。远观如剑柄、宝瓶，亦称剑柄塔、宝瓶塔。

广西马岭侗寨

游客摩肩到古寨，侗歌声声扑面来。
吊脚木楼林半掩，缓坡梯田山腰带。
奇风异俗男嫁女，锦衣银饰手工开。
赤身火化魂归水[1]，上善唯孝永世代。

2017年5月30日

①侗族逝者骨灰皆撒水塘河道。

桂林桃源

扁舟穿行一洞深，光色水畔见桃林。
草屋鼓声笛伴舞，树丛鸢飞翅拂云。
连湖绕翠芳草丽，叠嶂流霞侗歌闻。
芦白枫丹水如兰，羡煞武陵斗笠人。

2017年5月30日

遇龙河漂流

览尽美景几无求，有幸遇龙驾扁舟。
碧水翠竹天湛蓝，清渚白沙鸟鸣啾。
青山夹岸千般秀，画廊对开一轴收。
意犹未尽筏靠岸，几度回首涌乡愁。

2017年5月30日

古东小景

漓江襟带山水胜，风和日丽到古东。
飞瀑六重玉珠溅，吊桥百丈铁索横。
草鞋竹杖轻胜马，童心激流快意行。
大美自然须呵护，以身作则发心声。

2017年6月1日

端午桂林

夏初公司桂林游，三十员工乐悠悠。
百里漓江开眼界，一洞象鼻汇江流。
桃花源里见歌舞，遇龙河上荡竹舟。
古东登攀傲飞瀑，感恩尽力再无求。

2017年6月1日

山海关[①]

襟海控山第一关，屏翰京师六百年[②]。
峰台踞险威燕塞，金戈砺锋好儿男。
风刀霜剑夜月冷，血雨腥风箭窗[③]寒。
凭楼四顾河山秀，强军止戈祈平安。

2017年7月22日

①山海关：明长城东部的重要关隘，因北依燕山，东临渤海而名，有“天下第一关”之称誉，被列入世界文化遗产名录。
②六百年：指明洪武时创建山海关迄今六百余年。
③箭窗：即箭眼，城上为射箭而设的窗孔。

作英弟修缮居室[①]

久住异乡却念亲，自知落叶终归根。
常忆儿时冻饿苦，犹记邻里携扶恩。
欣逢盛世得自由，奋搏商海历艰辛。
修葺寒舍偿夙愿，尔后茶酒共故人。

2017年7月22日

①挚友作英幼丧母，家极贫。先入伍，再进国家事业单位。后决然辞职经商，虽坎坷而有成，近花甲而愈思归，遂修农村老家居室。为明心志，嘱余作诗以记。

挚友餐叙

仲秋日丽喜相逢，都市人家醉春风[①]。
欣逢盛世三生幸，追忆坎坷一笑中。
同道思辨复兴路，鼠目只见孔方兄。
酒酣人散意未尽，赞我华夏傲群雄。

2017年10月19日

①当日就餐于都市人家酒店醉春风包间。

七言排律

茜茜[1]七岁生日

我家有个小淘气，玉面朗润画中眉。
鼓腮噘嘴多鬼脸，伶牙俐齿好调皮。
跳舞唱歌弹钢琴，读书写字勤学习。
刻苦钻研见成效，期中测试考第一。
今天丫头满七岁，奶奶爷爷都欢喜。
难得参加生日会，信手涂鸦当贺礼。
每添一岁更懂事，不让爸妈生闲气。
在校做个好学生，齐头并进德智体。
尊敬老师和长辈，多读好书明礼仪。
主动学习讲自觉，每天作业当日毕。
身体健康是根本，坚持锻炼不放弃。
相信茜茜更努力，明天取得新成绩。

2008年11月7日

①茜茜：余之孙女。

苏老师从教五十年

数九隆冬四野寒，长征酒店尽开颜。
师生共聚忆往事，五十余载一瞬间。
当年风华正茂时，而今两鬓见云烟。
三尺讲台烛光照，八旬矍铄薪火传。
儿孙一堂皆精英，问心无愧动地天。

2017年1月15日

见彦英弟

别离十载少音讯，一朝相见五味陈。
少年穷困曾立志，我对寒窗你从军。
“文革”发动纷纷乱，你被复员我回村。
阳伯[①]坡头得邂逅，土窑夜谈始交心。
你率民兵小分队，我领知青唱艺文。
夜以继日不觉累，无知唯上表忠心。
十月巨雷一声震，改革开放喜迎春。
捷足先登君真健，初涉电石日斗金。
门庭若市人气盛，不分布衣与豪门。
先前蜗居少人问，一朝业兴多远亲。

市场突变境遇困，世态炎凉人寒心。
掏心挚友情义重，互施援手仍本真。
夏忙雇工你解囊，小妹麾下当工人。
厂区标语我涂鸦，登台演讲我作文。
看我破旧自行车，赠予“凤凰”[2]见诚心。
风云莫测生变故，关隘坎坷业沉沦。
无奈远行图再起，辗转甘疆边远寻。
屋漏偏遭连阴雨，不幸中风病缠身。
英年难偿终生愿，上苍未酬壮士心。
幸喜积德有善果，谈笑起行自由身。
儿女长成立长志，各自前程尽力奔，
抚今再思过往事，故乡故事实故人。
愿君快意度流年，知己相伴情胜金。

2017 年 3 月 20 日

注释

①阳伯：乾县原新阳公社村名，曾设楼板厂等集体企业。
②凤凰：指凤凰牌自行车，当时属于高端消费用品。

塔尔坡古村

呼朋引伴再踏青，及近古村眼忽明。
石窑错落历沧桑，林荫深处藏名胜。
玉米成垛又悬挂，灯笼串联饰彩棚。
铁犁木耧藤条糖，石碾碌碡花轿红。
祭祀陶器曾庄重，正屋祖训见家风。
石墙历历风兼雨，方言娓娓农与耕。
往昔道教一圣地，尘封千年老林中。
欣逢华夏龙腾起，枯木逢春圆美梦。
文化根深叶自茂，酒香适发叫卖声。
依托李耳编快板，众口说唱村头迎。
唢呐曲调如泣诉，鼓手激情博掌声。
老妪串词演皮影，乡间国粹老古董。
一口道尽千年事，双手对舞百万兵。
老少屏息皆凝神，竖指称道非虚名。
压阵演艺堪凤尾，特色水准众口评。
高亢激越信天游，胡琴哀婉似阿炳。
荡气回肠听唢呐，故土原味游子情。
盘桓再看旧物件，时光倒转成孩童。
忆昔怀旧思故土，谁个心无儿时梦？
临别依依几回首，他年此地再采风。

2017年4月24日

词

浣溪沙·复友人[①]

追寻丝路赴西陲，大漠风光与时随，诗情画意人先醉。

身在异域终须归，莫教东风唤不回，待君对饮东方白。

2006年夏

①友人：指朋友白晔。当时其远赴新疆，寄诗与余，似有流连奇景、乐不思归之意，遂回词以告。

卜算子·思友

秋风透寒意，夜雨叹伤悲。静卧山城对愁云，遥寄窗前泪。

挥泪不得时，空有今朝醉。樽前促膝共回首，再叙肝肠碎。

2006年7月8日

忆秦娥·宁夏大漠行

原接天，丛绿点缀沙无言。沙无言，亘古林海，鸟兽悠闲。

风卷沙飞蔽日月，雁行千里悲尘烟。悲尘烟，珍爱环境，善待自然。

2007年5月

渔家傲·汶川大震

神州失语城欲摧，地动山摇日无辉。人间仙境一瞬毁，天地悲，泥石横流桃源闭。

四面八方齐奋起，情系灾区驰援急。万众纾解汶川难，共援手，壮哉华夏十三亿。

2008年5月12日

永遇乐·华宇（宏方）公司赈灾义捐[①]

骤雨初歇，夜风透凉，浓云遮月。蓝郡广场，光焰升腾，百人齐放歌。汶川大难，神州震惊，唤起民心踊跃。路漫漫，援手难及，解囊且尽绵薄。

长安秦都，杨凌陈仓[2]，争相举牌壮阔。黄发垂髫，接踵投币，涓涓爱成河。血浓于水，情重如山，救我同胞水火。四十万，义捐落定，泪润心热。

2008 年 5 月 25 日

①义捐：华宇（宏方）公司在蓝郡项目部为四川汶川灾区发起义捐，场景感人。

②长安、秦都、杨凌、陈仓：皆为当时华宇公司旗下项目所在地。

卜算子慢·和外甥俊鹏

渭城冬寒，衰草黄叶，静候春风送暖。伫立窗前，遥望太白云烟。思难尽，盼尔眼欲穿。归何时，小有缺憾，生日惆怅平添。

宝鸡[1]近亦远，追光阴苦短，陋室小院。孩提聪慧，随口诗句心算。惜折戟，高考落孙山。而后勇，纵横创业，汝功成吾欢。

2008 年农历十一月二十六日

①宝鸡：俊鹏当时在宝鸡负责项目开发。

附李俊鹏原词：

卜算子慢·舅舅生日未至

松柏萧瑟，翠竹零乱，长夜清寂风寒。亭楼望处，太白漫生云烟，尤不断，枝头鸦声颤。薄晖里，伤怀念远，闲愁遗恨平添。

渭城风光远，想今朝寿诞，午宴暮欢。旧朋新友，对酒话长天晚，生计累，独甥侄零散，纵偷得，寸阴把盏，竟无暇承欢。

2008年农历十一月二十六日

水调歌头·生日和外甥俊鹏[①]

但恨朝霞短，转瞬临夕阳。无悔风华正茂，心血洒课堂。曾伏书桌奋笔，夤夜切磋烛光，日月见情长。师生共拼搏，甘苦相与尝。

岁飞逝，三十年，聚咸阳。执手泪眼，蒙眬两鬓已挂霜。华夏崛起宏图，砥柱中流担当，来者须自强。神州圆梦日，吾侪再举觞。

2009年农历十一月二十六日

① 2009年春节，余六十岁生日，近百位学生聚咸阳泰和酒店。外甥李俊鹏因故未能到场祝寿，填词即表心意，余遂填词相和。

附李俊鹏原词：

水调歌头·舅舅六十寿诞

一抹碧霞尽，晓风叩晨窗。今日师生两代，笑颜聚华堂。夜阑温言叙旧，白日狂歌纵饮，把盏话沧桑。年少遇恩师，情义自深长。

觅新句，回旧梦，语千行。乾州情事，几多收拾入诗囊。莫问男儿何处，消得满怀壮志，遗世立苍茫。幸青山不老，来日报恩长。

2009年农历十一月二十六日

蝶恋花·深夜遐思

月挂树梢映西窗，柳枝轻拂，夜静无花香。莫问不寐因何故，心结难解黯神伤。

功业声望喜梦圆，欣慰儿女接力求自强。花甲遗憾挥不去，追远尽孝念孙郎。

2010 年 9 月 13 日

沁园春·寄语小龙

华夏千古，山河永恒，黄土丰登。忆明末清初，山西古槐，先祖流离，落户三星[①]。胝足胼手，力尽汗干，唯置广田慰平生。百余载，半温半饱，家业方兴。

孰料一朝清算，使世代荫庇梦成空。惜实产雄厚，沃地两顷[②]，庄室三院，车马四乘。乾州西乡，论德望，方圆独尊七先生[③]。再回首，数勤俭敦忍，有汝传承。

2016 年 7 月 15 日

注释

①三星：系我故乡村名。

②顷：依乾县土地计量办法，一顷为一百亩。

③七先生：余家族兴家创业者，排行第七，时称七先生。

清平乐·阖家平凉游

朝思暮盼，今夕方如愿。难得举家同出游，儿女拨冗相伴。

伏羲堂前瞻仰，麦积神龛谢天。稚孙搅扰蛮缠，老少捧腹开颜。

2016年7月20日

江城子·志荣两女次第出阁纪事

灯火璀璨红螺湾，笑声起，共把盏。长女出阁，亲朋俱欢颜。三巡过后樽添满，窗花影，唱月圆。

纠结自吞暗心酸，二十载，尽艰难。风雨坎坷，操劳无早晚。应知铜雀锁二乔，天注定，我心甘。

2017年5月7日

永遇乐·殡仪馆送别恩师

秦都古塬，道旁荫处，殡仪馆区。哀乐时起，心碎连连，痛别无尽数。灵堂肃穆，松花簇拥，恩师安详如故。忆华年，生龙活虎，一心家国事。

时光荏苒，鬓发挂霜，年高倚杖行路。一朝归西，蒙眬泪眼，空挂像一幅。慎终追远，哀悼鞠躬，而后空留酸楚。扪心问，人成灰时，争富贵否？

2017年5月9日

念奴娇·桂林银子岩

南国名胜，银子岩，地宫仙境瑶池。雄奇幽美，亿万年，造物神工鬼斧。钟乳怪石，暗河流光，蜿蜒向深处。洞天意象，引来游人无数。

流连曲径极目，梦幻画千幅。挂壁石屏，雪山飞瀑。梵音起，信众听经佛祖。擎天一柱，混元珍珠伞，逼真神似。意兴未尽，怎忍匆匆离去？

2017年5月30日

四言诗

干娘墓碑文

人与人的缘分可遇不可求。五十年前，我因“文革”辍学，极其偶然的机缘，与邻村我的干娘相识。她视我如己出，我看她似亲娘。四五十年相互走动，未有中断，感情极深。2017 年农历十月六月，是她仙逝三周年祭日。我受其子女之托，为老人墓碑撰文。这段文字其实也寄托了我对干娘的追忆和哀思。

呜呼吾母，驾鹤瑶池。
神游仙界，魂在故土。
养育深恩，春晖朝露。
慧心佛境，子孙得福。

吾母孩提，家用无忧。
耕织自立，门风淳厚。
耳濡目染，察悟感受。
通情识礼，仁心巧手。

十九妙龄，入嫁吾门。
借住外村，茹苦含辛。

恪守妇道，崇俭亦勤。
夙夜操劳，竭力尽心。
兵荒马乱，大灾饥馑，
逃难甘肃，捡穗山村。
求告缝补，浆洗登门，
半饥半饱，苦挨光阴。

土改才有，陋室薄地，
挥汗田间，不让须眉。
自制麻花，沿街贸易，
夜以继日，维持家计。
三年困难，再倾全力，
纺棉织布，换粮充饥。

子女有七，日无暇隙。
迟睡早起，甘之如饴。
亲力亲为，一粥一衣，
就学嫁娶，至微至细。
为儿为女，心血呕沥，
大恩大德，堪与天齐。

敬哉吾母，博爱情怀，

亲疏长幼，以诚相待。
不欺不诳，忠恕复载，
言信行果，心口无二。

严哉吾母，思想清晰，
辨情梳理，料事无遗。
节俭持家，洁净成习，
四时八节，条分缕析。

德隆望尊，惠泽子孙，
追远承继，报答无尽。
愿母安息，慈容恒欣，
告母释然，教诲长存。
撒播美德，必回佳讯，
吾等自强，不负母恩。

2017年6月10日

自由诗

无上的殊荣

曾经
我获得过难以胜数的奖状和证书
而今
这些荣耀
却静静地躺在书房的一隅
任灰尘覆盖
阒然无声
曾经
我得到过多少人真心也不乏矫情的
溢美和粉饰
而今
那些一度使人垂青也让我得意的
巧言令辞
早已灰飞烟灭
化为过耳轻风
但是
有一种经历
有一个职业
却使我铭心刻骨
终生引以为荣
这就是

十三年的教学生涯
这就是
我做过松土浇水、剪枝修叶
抚桃赏李的普通园丁

今天
2010 年正月初
在我花甲之年，生日甫过的时候
和着新春的匆匆脚步
我和我昔日的学生
汇聚在咸阳泰和中国美食城
你们从四面八方赶来
带着对当年校园生活的深深回忆
带着追思交流高考冲刺的心理萌动
并以我六十岁生日的名义
相邀聚首
畅叙乡情、亲情、同学情
友情、离情、师生情
你们或执手对视，心语连连
或交头接耳，共话萍踪
或泪眼相望，欲言又止
或踌躇满志，谈笑风生

置身此时此刻
面对此情此景
我心潮翻涌
久久难平
我真实地体会到人间的真爱
充分感觉到无上的殊荣
禁不住勾起了对往事的美好回忆
思绪又回到魂牵梦绕三十年前的
乾县一中、二中

城隍庙的牌坊
古朴精妙，巧夺天工
巍峨的大殿
檐牙依旧，始建明清
古城墙下的操场
空旷简易，野草丛生
凿墙排列的窑洞
比邻而筑，难分阴晴
当年的我们
为着跳出农门的朴素目标
就在这里打拼
为了改变自己的命运

就从这里起程

忘不了

一座座简易的平房教室里

一双双渴望求知的目光

忘不了

每天熄灯铃后

经久闪亮，相伴苦读的煤油小灯

忘不了

连床宿舍里絮棉旧布的单褥薄被

忘不了

学生灶前端碗捧饭的条条长龙

出操

你们朝气蓬勃，步履坚定

早读

校园人头攒动，处处荡漾书声

自习

但见眉头紧锁，笔下题海纵横

锻炼

操场挥汗如雨，霞映矫健身影

肩负重托，满怀憧憬

学海泛舟，书山觅径

寒来暑往，日夜兼程

苦战过关，渴求成功
多少次荣登榜首
仍不敢有丝毫懈怠
全力以赴，又投入新的征程
多少次失败挫折
没有一点气馁
察微探幽再起步
寻求柳暗花明
榜上有名时
你们心平气静
为了这份应来的收获
你们像不知疲倦的牛
春犁秋耕
高考落第时
你们痛定思痛，再鼓风帆
思谋着发起新的冲锋
奋进的动力
源于广袤的黄土大地
不懈的追求
是因为我们带着农民的血统
我们是农民的儿子
但不愿自己和亲人继续受穷

我们祖祖辈辈以农为业
但不甘心自己再去务农
这绝不是对父辈的蔑视
而是要用知识改变命运
实现社会的共荣

今天
我环顾四座
逐一端详昔日的学生
一种炽热的自豪
一股异乎寻常的成就感
油然而生
你们虽然地处多方，职业各异
但是
不惑的年轮
造就了应有的淡定
生活的历练
磨砺出成熟和从容
棱角分明的脸庞
早已褪尽了中学生的稚嫩
优雅风趣的谈吐
蕴含着自信和成功

当年的莘莘学子
早成长为家庭的顶梁柱
抑或是社会和行业的精英
作为当年你们的老师和班主任
看到记忆中的小树
蓦然根深叶茂，冠盖蔽日
看到弱小的芽苗
繁花似锦，吐艳争秀
怎能不心旌摇动
怎么不陶醉其中
只因为
我从来就把你们的成长
当作自己的成功

作为曾经的老师
我绝不是先知先觉
但和你们改变社会角色的意念完全相同
我自认才疏学浅
但不遗余力，尽其所能
我追悔自己曾粗口常开
而动机是欲速求成
我令人厌恶的体罚动手

虽深深自责
却常以心切自容
同学们
请原谅老师的粗野
请理解老师的过失
这里
我要为自己当年的不良不当
向大家道歉，深深鞠躬

倏忽间
我已年过花甲
追忆往事
如烟似梦
回顾平凡而坎坷的一生
任教、从政、经商
而从思想深处能自然流淌的
只有难忘的乾县一中、二中
我识人无数，林林总总
但清白纯洁、无利益关联者
唯有当年的学生
我常常以你们为财富
愿为你们做长兄

视你们为挚友

为你们而光荣

这次聚会的快乐

将伴我到终老

这个生日的意义

会感动我一生

假如再有来世

我会毅然决然

选择做一名普通的教师

在尽心尽力的教与学中

再去享受纯粹高尚的师生之情

2009年正月初六于咸阳泰和酒店

感恩心曲

——献给我生命中的第一位贵人

多少次
我曾经
提笔在手
锁眉沉思
多少次
我也曾
书案铺纸
殚精竭虑
但是
周而复始
难以理清纷乱的思绪
脑汁绞尽
也写不出满意的词句
怅然面对的
只有一片片撕碎的纸
还有
无言的遗憾
激情淡淡地消去
莫不是

我薄才已尽
有心无力
难以向您捧上心灵的诗
莫非我
空有其名
如山间竹笋
嘴尖皮厚腹无词

而今
天遂人愿
日落余晖织夜幕
友朋小酒微醺时
忽然
我心如潮头涌
神似野马驰
积久深藏的恩
发自内心的情
如晨起朝日
喷薄而出
历历往事
一泻如飞瀑

四十年前
乾州故土
我离开讲台
从政人羡慕
当其时
我意气风发
踌躇满志
抱持家国理念
饱含为民情愫
埋头干活
全力完成各方交办任务
办公室里
我伏案朝夕
加班无数
文字堆中
我苦思冥想
搜肠刮肚
心地单纯且带点书生气的我
想着只要干出成绩
领导明察秋毫
自己鲜花一路
然而

残酷的现实
重重击碎了我的幼稚
风诡云谲的官场
交织着复杂的世故
我束手无策
进退失据
晋级提升
严冬漫夜无春时
希望犹如肥皂泡
无人提携花落去
我意冷心灰
念想已破
我自愿离去
借寄烟草
发誓不再进取
只想全家有衣食

没想着
应老话
树挪死
人挪活
从此辟新路

并非命运天眷顾

也不是山穷水重复

只因有了您

才有我像样的后半生

也只因有了您

才有我人生又一程

才有如今的福报和满足

是您

为我提供了向上的机遇

您大海般的心

接纳了我这条急于翻身的鱼

还记得

头一回见您

在乾陵的会上

您给我的印象

不太像官

是一位内敛厚道的老爷子

慈眉善目

寡言少语

义正词严

浩然而有深度

我写的会议纪要
向您交稿时
心里忐忑不安
只怕稍有疏忽
您首肯赞许
我如释重负
第二回
我离您更近
开全市烟草工作会
您坐主席台正中
指示主持
我作为先进个人代表
登台汇报工作
梳理感悟
瞥您含笑点头
鼓励我气定神舒

次年七月
您会上力主
调我下市局
谁知这般大事
我却一无所知

三个月后
我带上您要求撰写的论文
被您让进办公室
您不愠不火
批评我调而不至
您快人快语
抚平我心头的痛楚
您郑重交付
下咸阳
只要我遵规守纪
业绩卓著
就能山重水复
迈开新步

那时节
我心头震颤
我泪眼模糊
我双手哆嗦
只想有一清静处
痛快地大哭
以您的年纪
可做我的长辈

而您的地位
就是合成的县长县书[①]
回想我的以往
从县教育局起步
到县委研究室落足
过往的县级部门领导
从没有人对我这样厚爱
更没有谁
会推心置腹
一腔真情暖心向

我读书任教
深知士为知己者死
翌日一早
打点收拾
义无反顾
直奔咸阳烟草局
在您的麾下
心无旁骛
全力以赴
鞍前马后
尽心尽职

要情琐事
不缺不漏
急难险重
担当不辞

我家境艰窘
为表心意
只身空手
登门致谢
敬佩您坦然大气
难为您善解人意
您留下了尊重与感激
送给我的是
严肃的要求
殷切的叮嘱
此后偶逢节令
拿给您
一捧新鲜的玉米穗
岳丈门外树上的黄杏
还有
妻子初春采摘的苜蓿
看您毫不介意

我欣愧之余
背过身子
泪眼巾湿
多么可敬的长者
不愧是党的好干部

而您给我的
不仅是信任责任
还有精当的指导
入微的呵护
记得当时
每到周六下班前
您总要顺道来我的办公室
叮咛我早些回家
料理家务
照顾子女
更忘不了
县公司因我调动
催我搬家另住
又是您
动之以情
严肃制止

免我流离
阖家安居
永记不忘的是
我升职考察
您发扬民主
让我再进步
奠定人生基石

1992年
您到龄退休
叹时光飞逝
二十春秋一倏忽
这些年来
我常比照自问
多少夜深人静时
我更律己反思
不是您教化点悟
我不可能再奋发立志
若非您公正提携
我哪有今天的自信自如
大爱似鞭驱
良知自指使

这二十多年
每逢中秋年节
我都要登门拜会
略备茶酒
小带果蔬
谈笑叙旧
保健祈福
而今
您八十过五
仍红光满面
精神矍铄
儿孙满堂
起居自如
好人必安顺
根深硕果实

伫立窗前看夜雾
耳边远近响爆竹
又一个年关将至
年三十起程
贵阳过节
相伴有儿女

待明天日过午

我再向您拜年

交心长谈

感受长者的温暖

再倾诉

我永远的心曲

2016 年腊月二十八日夜

①县书：为县委书记的乡间简称。

一位大写的人　一段难忘的情

如果说，人生是一场梦
梦中所见，各色人等
百态奇形
神灵鬼魅，万千风情
然而，醒过来时
留在脑海的
只有些许场景
才依稀可忆，更难得栩栩如生

如果说
生活是河上的一叶舟
沿途风物转换
水复山重，奇峰峻岭
松涛竹影，柳絮杨花
残月晓风
然而
临近码头
当浪漫回归理性
当追忆在甄选中远行
只有极少的人和事

才称得上亮丽的风景
才能撼动震颤的心灵

我
与共和国同龄
匆匆流逝的岁月
不断转换着角色
熟睡的婴儿
调皮的孩童
奋搏的水手
谙世的老翁
六十多个春夏秋冬
有温暖的襁褓
有中流击水的豪情
更有触礁的惊魂
还有风雨过后的彩虹
熙熙攘攘名利场
坎坷起伏一段梦
往事大多如云烟
早已化作苍凉的空白
一抹勾空

然而

有的人，一些事

却永远定格在记忆中

历久弥新

强烈冲击着关闭的心扉

一再燃起尘封的激情

那是五十一年前的 1967 年

作为当时农村为数极少的高中生

我就读于全县最高学府乾县一中

面对如火如荼、如癫如狂的“文革”

我看不惯校园里无限上纲的革命批判

无休无止的派系斗争

更难适应虚度年华的停课闹革命

就请假溜号

离校返乡

投身几近原始的黄土农耕

为父兄助力分忧

挣工分补贴家用

第二年

在田间地头

茶余饭后
人们议论领导的变动
公社要调来一位新书记
说到他的尊姓大名
我还真不陌生
多方印证
确实就是他——
我高中学校的书记
一般意义上
我应该是他的学生

不几天
新书记到任
他黝黑的皮肤
严肃的面容
一身粗布衣
敦厚实诚
没有知识分子的潇洒
倒很像质朴的老农
面对靠天吃饭的土地
面对半温半饱的庄户弟兄

他缄默无语
思虑重重
公社大院
二十多名干部
对这位不起眼的领导
知之不多
无所认同
印象中
他只有揪心的踟蹰
焦虑的面容
还有
谈话时流露的自信
处事时定见在心的从容

但是
他的到来
却触动了我自卑的心灵
作为曾经的学生
我萌发了深藏已久的私情
只想着有这样的关系
或许能改变富农子弟的命运

成就自己用浅陋的知识报效乡里的初衷
但细揣摩
又觉得自己是痴心妄想
白日做梦
我和他
既没课堂上的交集
又不带一点乡情
他或许不记得我这不起眼的学生
更谈不上关心使用

而作为他管辖内的村民
我却关注着他
极尽视听
哪怕是捕风捉影
都要想方设法收集他的传闻
留意他的言行
饭后街头
田间休憩
风清月明论短长
就地拉呱谈笑声
乡亲们纷杂的话题

不断插入有关他的讯息
逸闻趣事
行事作风
越传越神乎
分量日日增
在当时的影响力
他绝不亚于现今粉丝心目中的明星

到任一个月
在公社机关
他没住过一宿
跑遍了十四个生产大队的角角落落
平畴沟垄
每一餐饭
他都安排在社员家中
盘腿坐土炕
稀饭加烧饼
掏心拉家常
平易听民声

他曾经

黎明时敲响了

偏僻山村一个生产队的出工铃

约莫半个小时后

就当众免去了生产队队长的职务

因为这个队长刚出家门睡眼惺忪

其实更重要的是

在调查走访时

他已掌握了这个人：

懒、馋、贪、占

作风不正

可怜的社员

敢怒而不敢言

任他如螃蟹般横行

却只能忍气吞声

有一回

半夜三更

他落脚的村子

一位五保户突发疾病

他喊来了干部民兵

将老人扶上自行车

直奔公社医院
亲自拍门叫医生
掏出身上一沓钱
权当药费
随支随用

他多方申请
一鼓作气
争取国家投资
乾县第一眼大口井
在我们公社邓家沟开挖启动
深挖六七丈
出水朝上涌
有人怕
井壁坍塌
不敢再下挖施工
他一语不发
带上县里的技术员
立马下井
安装抽水泵
支建安全棚

沉重的混凝土圈
硬是用条条粗绳
稳稳下井几十层
撤去井架的那一天
现场人如潮
清流直喷涌
村民尽情鼓掌
人人额手相庆
多亏好书记
让全村三百亩旱地成水田
几千年靠天吃饭的乡亲
头一回把温饱拿在自己的手中

再下来
他铺排了全公社的土地平整
村村队队扎营盘
男女老少齐出工
土方任务落到户
家家锅灶安田垄
一冬一春拼命干
汗湿衣背几多重

苍天不负拓荒牛
凹凸坡地一马平
灌溉省时无旱点
怨言顿作赞叹声

眼见他的作为
耳听他的政声
我自豪、敬佩
难抑感动
因为
他不仅是我的领导
我更是他的学生

做梦也没有想到
天上会掉下大馅饼
更想不到这块馅饼
竟然落在我这个富农子弟的怀中
好事远远超出我的想象
在当时
也算是让人羡慕的重用

到今天

我还清楚地记得

1971 年深冬

一天傍晚

我们大队书记破天荒来我家

一半神秘

一半“邀功”

告知我

公社已研究批准

安排我做民办教师

他将和学校沟通

让我尽快走上讲台

面对学生

这喜讯来得太猛

我兴奋惶恐

心血直往脑门涌

我手足无措

不能镇定

想急切给书记倒一碗开水

却下意识地松手

摔破了家里唯一的热水瓶

为了找出陈年旧岁的半包白糖

我翻箱倒柜

上高摸低

差点一脚踩空

那一夜

我辗转反侧难入睡

那一夜

父母细语到天明

后来我才知道

我的老师书记

问到过我

有人说：

年轻人各方面还行

就因为家庭成分

还在村上务农

他快人快语：

只要表现好

为什么不能用

一席话有理有据

一次会拨云见日
我终于有了用绵薄所学服务乡里
的机会
更像一只小鸟
头一回飞出了人为的囚笼
开始了自由盘旋
振翅升空

感谢我呕心沥血的老师
他们虽清苦却认真
也感谢时代的磨炼
我十年寒窗
苦读用功
走上讲台
我游刃有余
初中的文史数理
差不多门门精通
值得庆幸的是
我能拿出像样的公文
时常被公社借用
这样

我有了近距离接触他的机会
更能真切地感受
群众对他的公评

我元旦后进校
春节刚过
公社三级干部春训
我应召上会
利用给老师送审文稿的机会
语无伦次地表达感激之情
他淡然一笑
心长语重：
你不要以为是老师私心帮学生
要知道教育需要优秀的教师
百年树人不容易
选教师就要看德行、论水平
一番话
让我认识到自己的局限和短浅
我误解了他为民的情怀
重教的心胸

正月初六
趁着会议间隙
我搬出家里过年制作的一箱
挂面
送到老师家中
没想到
老师指出我墨守陋习
批评我愧为园丁
我欲辩无言
泪眼蒙眬
没想到他话锋一转：
挂面自家做
不算大事情
随手掏出二十斤粮票
三十元现金
不容置疑塞在我手中
说是他亲手过秤
按供应面粉价
一并付清
我百感交集
泪如泉涌

多好的老师领导
一腔真诚
两袖清风
学生有福
群众有幸

一滴水
能反映太阳的光辉
一件小事
足以展现一个人的格局品性
还记得
一个炎夏酷暑的中午
约莫饭后半个时辰
公社炊事员老侯
坐立不安
心绪不宁
书记没吃午饭
是在社员家
还是在返回公社的途中
他支棱着耳朵
尽力捕捉那熟悉的谈笑声

天气太热
干部们都钻进自己的办公室
突然
他似乎听到食堂那边的响动
再仔细听
果然是闭门和挂锁声
他赶紧出来直奔饭堂
只见书记已经跨出门
一手抓两个蒸馍
一手提两根生葱
他上前挡住书记
让领导稍事休息
做一碗面只要二十分钟
书记摇头摆手
让他回房休息
说是为一个人专门下厨
自己会内心不安
更觉心疼
听到这番叙述
老侯一脸感动
三十多岁的大男人

眼圈发红
哽咽着难表心声
这时候
我才真正悟出
人民干部的深刻内涵
体会到
什么叫联系群众
怎样才算把人民放在心中
活生生的小事
直白地告诉我
领导干部
如何赢得群众的爱戴和敬
重

还有一次
大概是春季的一天
我随乡教育组
巡回各学校
进行期中工作考评
那天
我们在周张坡驻留

这里处于渭北旱腰带

地薄人穷

质朴的村支书

实诚的民办教师

视检查组为领导

殷勤周到

毕恭毕敬

午饭时节

在条件较好的农户家

炒了白菜、粉条、豆腐

还有平常饭桌上难得一见的鸡蛋

当时的情况下

这顿午餐可谓奢华丰盛

宾主围坐

谈笑风生

没想到

我的老师书记

由小队干部引领

推着自行车

进门笑盈盈

还没等我们起身相迎

他却面无表情
也不吭一声
掂上大老碗
案板上自挑自盛
调盐倒醋放辣椒
顺手一根葱
围上桌子
边吃边问：
教室是不是漏雨透风
学生有没有辍学
原因一定要弄清
生产队给教师的工分待遇
能不能按时发放
还有多少亏空
叮咛检查组
工作一定要实
抓紧师德教育
重视业务提升
绝不能因为教师的失职
耽误了无辜的学生
他的筷子
从不接触桌上简单的炒菜

只是大口吃面就葱
这顿饭
我们好不尴尬
心虚脸红
却受教匪浅
回味无穷
楷模就在眼前
更难能可贵的
是他的自律宽容
其实
他并没有对这餐特殊的招待
有半句批评
只是用行动告诉我们
从我做起
从小事做起
忠诚事业
服务群众
此后
在他离开我们公社书记岗位前
所有的例行教育检查
一直分散在农家吃便饭
严格执行交付粮票和现金的规定

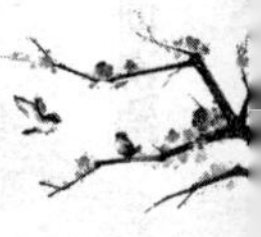

我总想
与他的缘分
多半是上天注定
1984 年
他调任县教育局局长
我正值盛年
任教乾县一中
听到这个消息
我心花怒放
以他的德望和能力
相信乾县教育必将再写新篇
活力涌动
一天课后傍晚
我去教育局看望问候
他在蜂窝煤炉上煎熬中药
我赶忙接过药罐
轻轻搅动
没说几句
他提出要我来教育局工作
说自己思索已久
工作路数

初步定型
只是要把想法变成方案
让方案有序推行
我不假思索
一口应承
当我激情满怀走上新岗位
迫切盼望
一展所长
再立新功
没想到
自上而下的机构改革
一张调令
他去了县委
我当时的心情
正应了一句古诗：
惶恐滩头说惶恐
零丁洋里叹零丁

此后
我们虽常有交往
我却遗憾难得他的真传
无法聆听他的耳提面命

再后来

我下咸阳工作

他退休回村

当官几十年

却无力置屋县城

也或许作为农民的儿子

他甘愿落叶归根

一身黄土满腔情

大约七八年前

我得知噩耗

他离开人世已几个秋冬

我痛悔不已

一时大哭失声

我为自己借口工作忙

在他退休后未能拜访而多天无语

更为没有在他离世三年内

到墓前叩首而痛悔终生

斯人已离去

大德当传承

敬爱的老师

您独有的人格力量
早已成为
我顶礼膜拜的图腾
您的教导、表率、影响
在我内心深处
一直如影随形
回首几十年
我虽无大成
却从不昧心
独善其身
慎始至终
追根溯源
还是您艰困中提供的平台
年轻时涂抹的底色
使我面对风雨
淡泊身正
您虽然离我而去
可是您身上太多的东西
永远永远留在我的心中

2017年7月1日

朋友知己

——献给我的挚友李振海先生

人生
绝不会鲜花一路
少不了
风雨坎坷
顺逆沉浮
每当你困顿挫折、失意委屈时
总有他宽慰鼓励的良言细语
只要你小有进步，品味收获
就最想先让他知道
一起庆贺福运
共同分享荣誉
有时候
你举步维艰，勉力撑持
而他
似乎心有灵犀
神差鬼使
及时赶来
全力以赴

尽心帮扶

完事后

挥挥手

留一句保重

道一声再聚

这就是真正的朋友

难觅的知己

心灵交互

同甘共苦

牵念携扶

守望相助

幸运的是

我就有一位这样的朋友

我们不受私利驱使

永葆真诚情愫

任月圆月缺

春华秋实

一直重复着不计得失的互动

演绎着不求回报的付出

情缘

起始于一段出乎意料

却铭心刻骨的故事

三十年前

我刚进咸阳烟草公司

他在驻咸部队

隔行不搭界

知人不熟识

偶尔擦肩

只是几句寒暄

点头招呼

时光

是缓缓开启的帷幕

对于活跃在政商舞台上的他

我作为观众听众

他的品行才具

为人处事

历历过眼

入耳入心

日积月累
才认识了“庐山真面目”
没想到
其貌不扬的他
竟然是享誉三秦的全军劳模
是由口皆碑的奇才君子

1996年冬初
我事业不顺
升职受阻
一时间心态失衡
怨天尤人
彷徨无措
思想钻牛角
委屈难倾诉
像一头受伤的牛
只能蜷曲槽下
无望无欲
面对创痛
慢慢地慢慢地舔舐

煎熬中
失意时
是他
一个素无交往，更不相干的人
及时伸手扶助
他邀我见面谈心
语调不疾不徐
开门见山
推心置腹
理解我的心境
体察我的痛楚
难能可贵的是
我们虽不相熟
他却不留情面，一针见血
指出我
想法偏狭
气躁心浮
将心比心
说长道短
逆耳忠言指出路
苦心孤诣送春煦

睿智的剖析
如同应手的拂尘
一扫我困惑失落的迷雾
动情的话语
似汩汩清泉
荡涤我块垒般的杂念
消解我缺乏自知的短视

听君一席话
胜读十年书
我不再茫然
抛却委屈
心结舒解
放下包袱
意气风发再上路

对他的举动
我当时百思不解
以我们平淡的交往
他为什么对我这般关注
一个雨夜

一榻烟茶
阔饮长叙中
才得到合理的解释
他和我一样
来自农村
也曾是教书先生
经受过草根层的困苦
理解他们进步的难处
故土霸州多侠气
军营磨砺长见识
眼见不平便出手
惺惺相惜倾心助

打这以后
我扬长避短
自省反思
工作愈加主动
尽量低调谦虚
业绩再上台阶
思想不断成熟
为了我

他一路跟进
密切关注
我的任何一点疏忽失误
他都不厌其烦
尽早提示

此后
我们成为无话不谈的挚友
虽各有平台
不常见面
但逢佳节闲暇时
常常相聚畅心叙
一杯清茶一席话
互补能量胆气足
时钟几催不尽兴
忠言共勉走正途
须臾神交情难舍
友谊历久坚若石

忘不了
我老母仙逝

人来客往

白幛红烛

柩椁灵堂

一街孝服

忽然

我看见他

眼中噙泪

一脸肃穆

大礼再叩首

躬身香三炷

刹那间

我泪眼婆娑

思远神驰

好兄弟

假使老母泉下有知

依她过人的见识和聪睿

会为我有这样的朋友含笑天国

宽慰欢愉

忘不了

2000年8月

小女赴美留学
不事张扬的我
没有告知任何朋友和同事
父女悄然
默默出门
携带行李
匆匆上火车
径直京城驰
没想到
落脚酒店不多时
电话一通传心曲
又是他
专程来送别
冰心一片在玉壶

客房里
他披风挂尘
辞切意真
几多深情
几番叮嘱
善待自己多保重

拓宽视野览群书
深思明辨求精进
时间考据长真知
初谙世事的女儿
心潮翻涌却无语
满眼热泪夺眶出
这稀缺珍贵的大爱
在孩子心灵深处
又一次播下华夏文明的种子
激励她做好人
不迷失
成才报恩一生路

忘不了
2009 年春节
由我当年的学生发动
为我操办六十岁寿辰
咸阳泰和酒店
师生重逢意正浓
寒意漫窗坐春风
又是他

别出心裁

送上惊喜

从京城请来著名歌舞团的当红明星

靓丽登台

一展莺喉

余音绕梁锦上花

一曲歌罢满堂红

谢幕难却三回首

一生可有此番情

时光

在无情采撷着我们的年华

一晃间

二十多年成转瞬

过往的聚合离分

已成为逝去的匆匆

我们的情

却似陈年的酒

历久更甘醇

虽然

华发早上两鬓

脸孔再添皱纹

但是

未来的歌

永远吟唱着

友情的咏叹续曲

更是我们恒久的相知之音

2017 年 8 月于北戴河

后记

我于中华人民共和国成立之年出生。关中农村淳朴的民风和浓浓的亲情，让我度过了贫穷却快乐的童年。上小学逢“三年困难时期”，常常食不果腹，也曾咽菜吃糠。从上初中起，受家庭出身（富农成分）问题的牵扯和影响，政治上的压力如影随形，日渐加重。高中一年级课程刚完，就因“文革”而返乡劳作，出力流汗，春种秋收。有幸从民办教师起步，在初高中讲台十多年后转职行政，再改行进入烟草公司系统，退二线后又在民营企业工作十余年。这些经历，虽倍感艰辛困顿，遍尝苦辣，但相对同龄人，自觉充实有味，收获匪浅。

我生活的近七十年里，我们的国家和民族经历了各种波动和重大变革。中华人民共和国成立，城市私营企业改造，农村合作化运动，“大跃进”，“三年困难时期”，十年“文革”，粉碎“四人帮”，农村土地承包，恢复高考制度，改革开放大业深入推进，经济在社会变革中快速发展。为能跟上形势，求生自强，各色人等受不同因素动机的感召和驱使，如八仙过海，各显其能，上演了难以胜数的悲剧、喜剧、悲喜剧、滑稽剧。角色转换万花筒，人海浮沉走马灯。

原打算以自己的流年为经，以亲历亲见值得一记的真人真事为纬，写点有内容、有细节、相对完整厚实的文字，怎奈受困于多年神经衰弱，力不从心。几番起意动手，却因情急之下难以自已，引发严重失眠，只得铩羽折戟，扫兴搁笔。

为弥补缺憾，了却心愿，基于我的这个本意，本着能体现、有关联的原则，凑合着将近年随性所写的小诗词整理后筛选归集，作为与好友、同学、学生以及志趣相投的同事的心灵对白和坦诚赠言，更作为对子女孙辈以至更远的后代们的交代和嘱托，使他们能从中获取些许教益，自律自强，清正家风，珍惜幸福，坚持打拼，直面坎坷，愈挫愈奋，走正道，做好人，为家庭、为社会尽量多做些有益的事。

我是有自知之明的。写诗填词不是长处，尤其对古体诗词，理论上没有深入学习，为应付当年教学之需热蒸现卖，浅尝辄止，浮光掠影，略知皮毛。贻笑大方，已在意料之中。然心志顽固，硬着头皮滥竽充数，诚恳希望方家赐教指正。

本书整理过程中，得到袁富民老师、闫国栋、窦富国先生的热情帮助，细心校阅，并不辞辛劳，作序撰文。我的同事李莉女士、赵文莉女士，在收集整理过程中，承担了大量的琐细工作，在此一并表示衷心的谢忱！

王克勇

2017年9月18日夜